散文集

山里山外

Shan Li Shan Wai

唐毅 著

陕西新华出版传媒集团

太白文艺出版社

图书在版编目（CIP）数据

山里山外 / 唐毅著. — 2版. — 西安 ：太白文艺
出版社，2017.9（2023.2重印）
　ISBN 978-7-5513-1219-6

　Ⅰ. ①山… Ⅱ. ①唐… Ⅲ. ①散文集—中国—当代
Ⅳ. ①I267

中国版本图书馆CIP数据核字（2017）第180124号

山里山外
SHANLI SHANWAI

作　　者	唐　毅
责任编辑	葛　毅
封面设计	薛晓婷
出版发行	陕西新华出版传媒集团
	太白文艺出版社
经　　销	新华书店
印　　刷	三河市嵩川印刷有限公司
开　　本	787mm×1092mm　1/16
字　　数	145千字
印　　张	12.25
版　　次	2015年10月第1版
	2017年9月第2版
印　　次	2023年2月第2次印刷
书　　号	ISBN 978-7-5513-1219-6
定　　价	39.00元

联系电话：029-81206800
出版社地址：西安市曲江新区登高路1388号（邮编：710061）
营销中心电话：029-87277748

目 录
CONTENTS

目 录
CONTENTS

时光背影

似水年华

目 录
CONTENTS

后记

每一朵鲜花都有开放的权利

高建群 序

高尔基和列夫·托尔斯泰曾有过一次晤面。那时托尔斯泰已经很老很老了，像他小说《战争与和平》中所描写的那棵老橡树一样苍老，笨拙，疲惫。而高尔基当时还很年轻，一位身穿水手装，身上散发着海洋气氛的流浪者，一位被我们称之为文学青年那样的年轻的梦想家。那时他还不叫高尔基。

当托尔斯泰听完这位唐突的拜访者讲述他的苦难的人生经历后，老人热泪盈眶，他先在自己的胸前画了个十字，说："圣母呀，你是一只无底的杯子，承受着世人辛酸的眼泪。"接着，他对来访者说，"在拥有了这些经历之后，孩子，你完全有理由成为一个坏人！"

这位来访者后来成为一位大作家，成为苏维埃文学的奠基者。从那时起，他把笔名叫作高尔基，也就是俄语"苦难"的意思。

我所以说起开头这个俄罗斯文坛的著名掌故，是因为这些日子，有好几位写作者来找我，拿着他们写的书，要我为书写个序言之类的东西。他们都是一些有点才气、有些阅历的人，当然，较之高尔基所承受的大苦难，他们还都风平浪静地生活着，只是在家门口的池塘里扑腾两下，然后上得岸来，便发一声"曾经沧海"的感慨而已。但是，情形很相似，都是试图以文学这种形式，来表达自己的感情，释放自己能量的人。

所以我想到了上面这个文坛掌故。

《山里山外》这本书的写作者叫唐毅，一位在山里长大，后来又当兵，现在转业到公路局工作的中年人。他大约很勤奋，半生中一路走来，将自己对生活的感悟和赞美写下来，天长日久，将发表过的作品搜集起来，便整理成这么一本书。出版界的行话把这叫"结集"。

作者的老家是西乡。西乡那地方我去过多次，今年清明茶叶节还去过。那里有一条有名的河流，叫牧马河，自秦岭山中跌宕流出，在一个叫子午镇的地方注入汉江。在接待我的午子山的茶园里，老板说，要在山顶给我建一个工作室，一块大石头放在工作室门口，石头上刻上"倦鸟归巢"几个字。而负责接待的那位姑娘对我说："你不来，我不老！"这话虽然是笑谈，但是叫人听了，感到乡情般的温暖。

这位写作者从大山走出，一路走来，充满着对家乡的热爱，对亲人们的热爱，这在我阅读这本书时，强烈地感受到了。他对三叔的感情，他对三姨的感情，字里行间我们都能看到。当我们走出家门，像一个涉世不深的孩子，深一脚浅一脚地在这个世界游历的时候，我们给心灵的一角，安放下故乡的牌位，在那里收容下我们疲惫的叹息和痛苦的哭泣。

作者当过兵，应当是提干了的吧，因为书中谈到他带着家属。铁打的营盘流水的兵。后来他转业了，开始在西安的公路系统工作。散文集的名字叫《山里山外》，大约就是说，作者的人生历程，一部分在山的里边，一部分在山的外边。那山就是我们的秦岭山。

秦岭是一条伟大的山脉，秦岭的最高峰叫太白山。太白山顶有两股水，一股向山南流，流入汉中盆地，这水叫褒水；一股向山北流，流入关中平原，这水叫斜水。人们顺这两股水修成栈道通行，这道路就是有名的"褒斜道"。

　　我细细阅读了这本书，然后写下因阅读而产生的一些联想。最后我想说的是，每一个单位，每一处地域，都有这么几个文化人存在，他们自己不知道，其实，他们是有来历的人。中华五千年文明薪火相传，他们就是传递者。他们是来自星星的你，是仰望星空的人，只是他们自己不知道而已。美国电影《廊桥遗梦》中有一句著名台词，说："我们是昨日的牛仔，过时的品种，偶尔流落到地球上的外星人！"这话，是那些身上有着艺术细胞，整天沉湎于梦想的人们的一个内心独白。

　　所以我们自寻烦恼，一生都把自己绑架到文学这辆充满希望又充满失望的战车上，而须臾不能自拔。

　　在西安这个初冬的早晨，零星的雪花飘着，大地一片静谧。我坐在"高看一眼"工作室，为这位业余作家的一本书，写下上面的文字。我真诚地祝愿这本书的出版。它是作者的多年心血的结晶，一个坚守者的梦魇之旅，它有理由得到社会的认可和尊敬。俄罗斯小说家契诃夫说："大狗叫，小狗也要叫，既然来到这世上了，那就有叫的权利！"记得我在好多年前也说过类似的话，我说："每一朵鲜花都有开放的权利，至于这鲜花开放得大与小，艳与素，那是另外的话题。"

　　是为序。

2015年11月22日西安

山里山外

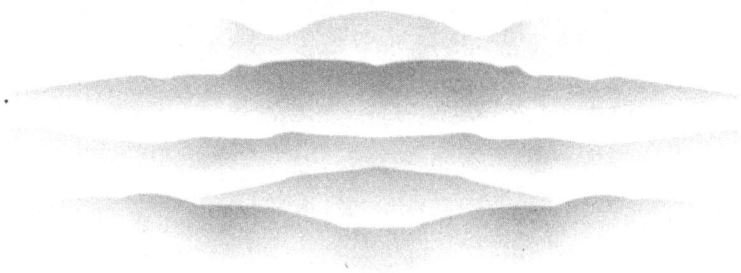

秋雨的思念

在外这些年，很少仔细体味老家的雨季。不想这次再回陕南，秋天的绵绵细雨悄然来临，行车走过秦岭山顶的分水岭，似乎感觉它是在有意横断南北，才有了都市的雾霾陕南的雨。

记得在浓浓的雨季里，我们坐在课桌前听老师谈古论今。

去学校的那条道路，曾经走过万千次。而今河道两岸的绿色已遮挡住了全部的石砌河岸，边上的杂草更是郁郁葱葱。走在河岸的水泥路上，难以找回那时的沙石便道。那时听着雨打路面的噼啪声，看着雨丝飘下的水雾，闻着那略带潮腥湿润的秋雨，陡然间让人有种难分难解的情怀。

雨一滴一滴，淋湿了脸颊，伞上的一缕缕水痕画出老家乡村气息的朦胧。外婆家院子里的白果树，叶子落满雨地，但留存于记忆中的杏黄永不改变。

雨中的村落，房屋半隐半显。黑瓦白墙木门映在绿海雨雾中。田间地头秋收的人们都被雨统统赶回了房间，使得原本寂寥的村镇更加寂静，半掩的门扇里飘出一阵阵欢笑。河岸的水泥路上，偶尔看到一两位穿着雨衣骑着电动车快速行驶的人，宽大的雨衣将骑车人裹住。也有打伞慢慢前行的乡亲，或是散步，或是享受雨的滋润。三岔河桥头，新建的一幢三间三层小楼便是舅家，屋前的水泥场院里，搭接一间钢架车棚。棚下，摆着几张长条桌和一些小板凳。炉子上的铁锅弥漫着辣椒炖鸡的清香。舅妈知道我回来了，已经做好了我最爱吃的农家菜。

雨走过山峦，山便迷蒙起来，烟雾锁绕。重重浓雾中，河道里的水哗哗地跳跃着，就连乡间的水泥路上也是一层薄薄的雨水，顺着蜿蜒的小路奔流而下。一位赶着黄牛的人缓缓走来，黄牛低着头迈着四蹄，缓缓地走着。戴着一顶草帽穿着雨鞋的男人，牵着牛缰绳跟着走在黄牛的身后，虽然他的胸前和腿部都已经被细雨打湿了，但他们仍然走得从容。

雨走田间，田间的一切都变得湿漉漉的。已经收割过油菜的田地一片空荡。随着地形而走的梯田弯弯斜斜，层层叠叠，高低错落，很不规则，但这并不影响里面的谷物生长。农夫在雨中忙碌着。细雨阻挡不了他的耕作，也阻挡不了他的追求，为了自己心中的希望和幸福，他在雨中耕耘着自己的未来。

雨走陕南，带走了一丝倦怠和满身灰尘，带来了一片绿意和欣欣向荣。行走在细雨中，我的思绪也跟着这细雨，天马行空，密密斜斜，任意飘摇在这山岭间，摇响季节的风铃。

回家的路上，走过中学门口，大门上的五星依然闪亮。我的思绪随着校门闪进教室。

上中学时，学校没有围墙，但家湾的赵婶总是提着两篮子馍馍从学校里走过来，远远地便喊："泡巴馍，热的！"下课若碰见她经过这里，便有不少同学去抢购，虽然不贵，但在那时能掏钱买东西吃的在我们眼里算有钱人。

也是一个大雨天，我在语文课堂上调皮捣蛋被老师罚站在后门外。瓢泼的雨打在屋檐下的水沟，溅湿了我的裤腿，我无助地等候下一节课的到来。突然，有人在边上拉我了一下，一回头，看见赵婶悄悄站在我身后，她摸了摸我已经肿起来的脸，说，认得你，白果树底下的吧，你外婆我叫姑呢！娃，要听话，好好学，别淘，出息点啊。她掀开左手提的竹篮里的白纱布帘子，拣出个泡巴馍塞到我手上，轻轻踮着脚步往街道去了。看着走远的赵婶的背影，我突然泪流满面，要不是教室里在上课，我一定会号啕大哭。五分钱的泡巴馍一直镶嵌在了我的记忆里。

下课后，班长和几个同学把我拉进了教室，而我一直沉浸在站在教室外的那情节里。

回到雨中的家里，站在小妹家二楼的露台之上，透过蒙蒙雨色静看牧马河，碧绿的水面掀起一圈一圈涟漪。对岸的座座农家小楼在雨中亦显得扑朔迷离，东边的牧马河桥置于山与水中，像画中之景，已非实桥。远处的山似乎在雾中飘动，恍惚间觉得置身江南之乡，此时方觉得被人称为"小江南"确然如此。

听着淅沥的小雨敲打车窗的声音，回味离别近三十年的感觉，真还有些情难自禁。傻呆一程，听雨、看雨，任由一缕缕的雨丝化作惆怅带我飘向远方。

牛背上的阳光

又是一年暑假，看着人们忙于安排孩子的行程，回想我们的暑假，虽不能和现在相比，却有另一番感受。暑假的我们不用补课，没有外出游玩的条件，更没有旅游这个概念，所以那种解脱已经是比较奢侈的享受了。没有老师的古板和严厉，也没有了成堆重复的作业，我们如释重负般地回到各自的村镇院落，此时的感觉，不亚于过年了。

这段时日，放牛便成了我们假期重要的家庭作业。每每看着河两岸的伙伴们潇洒自如地骑在牛背上，悠闲自得、随心所欲地哼着小曲儿，便羡慕不已。想骑又怕摔，只好央求几位年长的堂舅，他们便不厌其烦地教着我，骑牛漫步摇晃着走过童年。

儿时的我们也很难聚在一起，偶尔看着牛为了争食一两窝好草或者为了另一头母牛打架什么的，有时争斗得厉害了，怕牛受伤，赶紧跑去连打带喝斥，把牛打开拉走。

牛安静了，我们便给自己找着事儿干，有时凑一起打双升级或者翻七什么的扑克，玩够了，临回家时，捎带着割点牛草架在牛脖子上，或者拾点柴火什么的挑着回去。

就这样把一天天时光洒在了山坡上，日子久了，我也体会到独自放牛的乐趣。蒙蒙的天空下，细雨如丝，云低低地压在山头，绕在山腰，牛和伙伴们影在其中，风轻轻地扯着云，缓缓地飘山跨谷，说不清是云在飘还是山在动，只看到山在云海中沉浮，牛在雾絮中隐现。手提赶牛的藤条，漫不经心地打落满草的银珠，劈出一条嫩绿的小路，然后拣一块较大的山石，托腮坐在石上，把雨帽或破伞放在身后，听着牛儿沙沙的吃草声，望着山云莫名地变幻，感受细雨轻刺脸上的丝丝惬意，再深深吸几口湿润的空气，真的说不清是在山上还是在天上。就这样，我陪着牛，牛伴着我度过了童年的好时光。

不知什么时候开始，老家的山沟里出现了几人一伙一队的买卖，大人们管他们叫牛贩子。这拨人不远百里翻山过河，到了秦巴山区的农户人家，一百多元二百多元一头，收上几头十几头，辗转数日赶回来，分卖给镇上的各个宰杀牛羊的专业户。牛贩子多数赚了，宰牛的也赚点斤两差价。于是，在近三十年的时光中，他们都以此发家了，城关西门桥上的牛肉干都是来自于此。家里宰牛的时候留给我们的印象是痛苦不堪，一条粗大的麻绳交叉套住牛蹄，斜着一拉，牛便倒地，我们眼里的庞然大物这时很无助，躺在地上被青壮汉子按着牛角，流着眼泪，任人宰割。初见这场合时，我和伙伴们都曾哭过，也曾央求过伯伯们手下留情，别杀牛，但一切都无济于事。牛被杀，牛皮上面撒上一层黄土到院场上反复晾晒，干透了卖给牛皮贩子；牛肉被收走酱成牛肉干送到了西门桥的肉市上，牛的下水包括心肝经过翻洗后自家留用，也有拿到市场变卖的。后来凡到宰牛时，我们便不再去围观，怕见到牛的眼泪。虽然这些年老家的牛肉干越卖越火，越吃越多，但我无法回想牛被肆意宰杀的悲壮场面。

牛吃的是草，挤出来的是奶，俯首甘为孺子牛、拓荒牛，这是对牛的赞誉。从记事起看到牛拉着犁，翻田耙地，老家一年的收成离不了牛。如今，牛已经完全成为刀下菜、口中食，牛俯首也罢，拓荒也罢，吃不吃草已不再为人所关心，人们也不再为牛而歌。苍蝇跟着老虎四处飞扬，一切向钱看！牛因此也就无所谓了，也许这本该是牛的悲哀。

三叔的石头梦

　　一条长长的狭河，把老家人与外界近乎隔绝。从大山里走出来，20多里山路，再走过15里河道，才能到山外的峡口镇。若要进城，须早起摸黑上路，晚上天黑举着火把进门。所以老家人进城很难很难，虽然不是长征。

　　三叔很少来家里，我11岁之前，只见过他三次。这次来，他好像很急，喝水的时候不停地绕着桌子转圈。

　　三叔两年才来家一次，这已经是十几年的事儿了。他一进门，就双手捧着我的小脸儿用劲地搓，我只能一个劲儿地往后躲。三叔的手很粗，很硬，弄得我想叫。

　　三叔说想开个石膏厂，找爸想法给贷款。爸当然答应了，只是说要等一个多月时间。

　　我看着三叔认真的样儿，心想：把石头往山外运，并不是一个聪明人干的事儿。三叔临走，又拉着我不放手，我想着那和锉刀一样的手，一溜烟跑开了。

　　半年后，三叔又来家里，给爸桌上放下几捆10元钱，我两眼直了，看着三叔，没明白。三叔笑着看我："不相信三叔吗？这就是石头变的。"爸并不高兴，默默收下钱，只叮咛了一句，山里的路不是很好，注意多修修。要走了，三叔拿出几张10块钱给爸，说给我买双好鞋穿穿。

走的时候，回头瞅着我不转眼，闰娃，等叔把咱家的路修通了，你回乡里上学。我嗯了一声，看着他离开的背影，心想那不可能吧！

三叔走后不久，家里装电视了，尽管是黑白的，只有14英寸，但可以看到《霍元甲》《再向虎山行》等好多电视节目，这是我那个年龄刻骨铭心的大事儿。偶然，在电视节目中听到三叔的名字，我兴奋得一夜没睡着，梦里好像见三叔又来我家了。

问爸，他说，三叔现在很忙，城里人用的石头差不多都是三叔给送下来的，你上完中学就可以去看他修的水泥路了，那时老家可能会通公共汽车。

这个目标像灯一直在照着我，我期盼着这一天。

那天，爸回来说有急事，要回老家去一趟，让我去李叔家待一天。三天后，爸终于从老家回来了，坐在沙发上不说话，一个劲儿地掉着眼泪。

见我三叔了吗？我问。

爸看着我：见了，你三叔让石头埋了。

我望着老家的方向，脸上滑过一串串眼泪。

农家烟火

常听大人骂：不是人的东西，不食人间烟火。于是，总感到烟火很伟大、神圣，让人倍加敬畏。后来，明白了烟火不只是五颜六色出奇地好看，而且能持续着漫天飞舞，飘向四面八方，在平淡的日子里教化后人。

住外婆家的那段时日，没有钟表什么的可以看时间，早上老人们全凭听着鸡叫来确定时辰，若是叫过三遍，不久天便亮了。

清晨，大人们起来，早早地扫净院子，洒上清水，院落便一洗昨日之灰尘烟土，异常干净。外婆做完这些，便在院子边上撒上玉米和少许谷子，群鸡呼叫着飞跑过来，称王打头的便是在天不亮时准时打鸣的大公鸡。我那时最崇拜的就是那只"九斤黄"的大公鸡。它总在晨曦和露珠中引颈高歌，完后再低着脑袋啄着地上属于它的早餐。

忙着招呼完这一帮咯咯乱叫的伙计后，外婆便在院子中间搭起一张方桌，摆上方凳或者椅子，泡上老家的炒青。喝茶的时候，她总是先端起盖碗，揭开盖子在茶碗上刮拉三两下，嘴唇对着茶碗向左向右各吹上两三个回合，再慢慢呷下一小口，嘴里不时发出吱吱声响，然后再半眯着眼，轻轻放下盖碗。虽然那时我还不会饮茶，但闻着那香劲儿，却也让人眼馋得要命。老人喝完早茶，便走进厨房烧起这一天的早间烟火。随着房顶飘动的云烟，老家的前庭后院便在烟火中苏醒了。男人们便在这烟火中洗漱、挑水或是扛着农具走进水田和自留地，翻腾琢磨一年四季的活计。

午间，农家烟火照例在家家户户的屋顶再次升起，夹杂着肉香、油味、油泼辣子味四面飘荡。正午的阳光带着饭菜的芳香和少壮劳力的欢笑，远的、近的，或背、或扛，或喊或捎话带信：某某老表、谁家老三，该回家吃饭了！烟火就这样召唤着田地里的男子汉和菜园中的女人们，收拾农具家什各自回家。

一天的忙碌，直至日头落下西山，农家烟火又会高高升腾，催着乡亲父老收工歇息，烟火便在这起落中让一代一代的老家人背着日头从东走到西。

天黑了，烟火更是山村不可缺少的一道独特风景。烟火有着特定的凝聚力和亲和力。亲戚朋友们都随着烟火的香气相聚、喝酒、聊天，除却一天的困乏。

夜深了，山静了，烟火才肯告别劳累欢欣的一天，伴随农家乡亲悄然走进梦乡。

农家人就这么为了烟火而活，为烟火而忙，为烟火而累。人丁旺盛的院落和住户，男人们做木活，女人们飞针走线，孩子聚集一起嬉笑打闹、玩牌下棋，或者听说着遥远的故事，抑或是拿着蚕豆、花生、黄豆、玉米籽，煨进红红的火灰里，听着噼里啪啦的爆炸声，香味伴随着烟火纷飞，飘向邻里。

山野农家，烟火彰显人气，展示生命，收获希望。冬春季节，烟火驱散寒冷带来温暖；夏秋时分，烟火如香甜之瓜果；白日里，陪伴老家人看家、烧饭、种地；夜晚，烟火中集齐满堂儿孙讲述传承数载的神话。

三姨出嫁

外婆一共有六个子女，三姨是最晚一个出嫁的。小时候的一次高烧，三姨成了哑巴，因为残疾，所以很晚才嫁人。曾经在好几年的时间里，三姨的婚事一直是外婆的心病。

几经周折，三姨终于找到了合适的人家，男方因为家里经济条件较差，人过于老实，已经三十好几了，没有成家。在几位长亲的撮合下和三姨订了婚事。

三姨见了对方家人后，似乎也很满意，除了点头外，一切都在脸上给了明确的答案。老家回民讲究双日子办事儿，腊月谈婚论嫁备受欢迎，二十六的那天三姨出嫁了。

三姨出嫁的前一天，外婆家隆重请客，和关中有些地方嫁女前的待送客饭是一个概念。老家把这一天称为天相，这是女方必须履行的程序。乡下没有饭馆，多是自家请人坐席，不论规模大小，只要是凑成双数就行。回民的席也比较简单，几凉几热加几个蒸碗就齐数了。老家的房前屋后、里里外外都摆齐了，席数过多就分拨次流水开席，如果亲戚朋友不多只有几桌的一轮便完事。

来的亲友多送些布料、鸡蛋、米面，也有行礼送钱的，两元、一元，如果有五元十元的就算特大礼，但这很少，毕竟那时的农村很贫穷。

到了次日，便是结婚典礼之日。按照习俗，姨夫家会组织一帮青年男女的迎亲队伍，多是男方家有代表性的家人和主要亲戚。来时先要送上迎亲聘礼，一只很大的公羊，犄角很大，弯曲形状和水牛角相似，再涂上大红色，后面担着四色八礼。女方的司仪着人收了这些，便整装待承三姨婆家来的客人。简单吃罢饭，便组织发亲，送亲的人选是特定的，父母不能去，其他主要亲属和友人一样组成双数，便跟随迎亲的队伍出发。

三姨和外婆告别时哭得一塌糊涂，直到走出好远，外婆和几位长辈仍在院子边的香椿树旁流泪。

我扛着两根蚊帐竿走在送亲队伍的最前面，因为我去三姨夫家的首要任务是要给三姨新房门上挂门帘。到了三姨夫家，大门外早已守候了许多接亲的人，一阵烟花鞭炮响过，我穿过烟雾，直冲进三姨夫家的里间新房，已经有人给我搭好了一个大方凳，门套上方两角已经钉好了钉子，我挂上了手绣鸳鸯图的粉红门帘。边上三姨夫家的支客递给我一个小红包，我这天送三姨的大事便办完了。

三天后，三姨带着姨夫回娘家，完成了这次传统性的走动，三姨和姨夫也就安生地过他们的日子了。

当兵后我一直没再去过三姨家，直到我有了小孩，带回老家去的那年，知道聋哑的三姨后来不幸患上了精神分裂症，意外走失了。姨夫他们找了多年，但一直没有音信，三姨到底没能摆脱她悲苦的命运。

三姨家后来有了俩孩子，大的叫明明，长大后一直在外地打工；小的取名亮亮，后来考入长安大学，毕业后被厦门的一家路桥公司聘用。

现在每每看到长龙一样的婚礼车队和大小婚宴时，便为三姨感慨，同一时代，都是女人，可差别那么大！而如今三姨又走得那么远，活得那么惨。

[山里山外]　散文集　唐毅 Shan li Shan wai

乡音难改

汉中方言仍应属于秦语系的秦陇方言，汉中西南部仍然是秦语系，和四川、重庆、云南、贵州话一样，腔调中夹杂了湘味。汉台区以东各县和南郑的秦陇方言区应该是古代秦陇成分较多，汉中南部和西部应该是湖南、湖北楚人成分较多。

老家的方言非常有地方特色，但在陕南所占区域不多。这可能是由于地处川、陕、鄂、豫交界之处，先民迁入来源甚广，加之历史上交通闭塞往来较少、行政权力鞭长莫及，居民活动范围地域狭窄，遂形成了今天的陕南方言。

杂。一个地方一种腔调，跨乡过镇都是这样。从城固到洋县，虽是县过县，地方语言却差异很大。

诙谐。这是老家方言的又一特色。随时随地可以夹带进诙谐幽默的因素，打趣或讥讽别人，顺带占点便宜。

称谓多样。西乡一带的回民管爷爷叫"巴巴"，父亲为"大"，不能叫爸。伯父为"大老子"，排行的叔叔依次则为"某某老子"，外公叫"为爷"，外婆则称为"凹凹"（音），姑婆称"瓜婆"。

如是种种，老家方言不说外乡人听了如何，我们初次听大人这么叫时，也得反复学说多少遍才能记得下来，有时见了不知道怎么称呼，长辈们便提醒这是某家"凹凹"，那是马家几大，要把这些弄个明白，时刻得小心别咬了自家舌尖儿。在老家一带，数我辈分低，见着大人们都得叫声表爷表叔的，许多八竿子打不着的姨、姑、婆，到面前我都得尊一声表爷、姑婆、奶奶。爷奶叫不完，舅姨一大群，就是没人把我叫什么，能碰着个叫哥的已经算是万幸，我便兴奋大半天，终究这样的机会少之又少。为称谓这件事儿，一直过了一两年，才勉强弄个半熟。老家人特讲究叫人的礼貌，如果叫错了，他们却不为怪，反而表扬你嘴巴勤快、懂事，然后给你讲上三五遍为何把她叫姑喊婆的来龙去脉，亲戚们便在一片自得其乐的说笑声中和你致谢道别。

这家乡人听来颇顺口的称谓，到了异地他乡却时常让人哭笑不得。"离乡离土不离音，改名改字不改姓。"乡音和姓氏一样，像胎记烙在我身上，张扬着我的招牌，洗之不去，擦之不离。

走进营区的那一天，似乎注定我必须像苦行僧一样去寻求新的生活。寂静的夜空，只要面向北斗，背后的方向绝对是自己的老家，久了，无须校对方位也不会迷失。

离开了家乡，我越来越深刻地领会到了出门在外的不易，可路是自己选择的。新兵的睡梦中，忍不住思乡心切，常常是泪水沾湿枕头，在老班长浓浓的江苏口音的陪伴下走过那一程。

对于长年在部队生活的人来说，都有一份浓浓的乡情。新兵时，一群天南海北的兵娃娃聚一起，口音也可谓南腔北调。节奏上有舒缓短促之别，腔调上有软硬之分，然而只要认真辨听并没有障碍，于是战友间便常以模仿他乡他音相互逗乐。即便这乡音不地道不纯正而有口无心，但足以让我的思绪如流浪而归的行囊，载着回乡的冲动，把我带回乡音的磁场。

当兵第二年，受环境的影响，我的普通话已说得有点样子了。谁知，我第一次回乡探亲时，竟因说普通话的缘由闹得自己似乎成了

"外星人"。到家后，亲朋好友相聚，正当我兴高采烈地与大家拉家常时，几位长辈便开着玩笑教训起了我："出去才几天就南腔北调的，连老家话都不会说了，让乡邻乡亲听了笑话！"

关中的口音和老家却相差甚远，和普通话比对有些反其道而行之，普通话高音字它却偏是低音，要升调时，家乡话便是降调，这便是比较地道的陕南方言。

曾无数次站在分水岭上，望着远处那熟悉的轮廓，萦绕在脑子里的想法在这一刻如同滔滔奔涌的江水一样：江南江北在我脚下，竟然只在寸步之间。多少年了，曾梦想有所成就，却一事无成，所经历的甜酸苦辣顷刻间也化作一缕缕乡音飘向汉水一方。

老家是梦，乡音是线，穿起我无尽的思念。

老街若梦

老街其实没有几棵柳树，却以柳树为名。据传清代河边有两棵大柳树，农户在柳树下摆摊设点建立商铺，后沿河两岸逐渐成为商贸集市，遂得名"柳树店"。新中国成立后，驻地镇政府便以柳树乡而命名。

回到老家，我便喜欢一个人静静地在老街走走，寻找一种感觉。看两旁街铺，细数各家院落，哪是社教赵社长家，哪是杨家理发店，哪家是杜家菜豆腐。仰天看云卷云舒，俯耳听老少怡乐，所有的烦恼、忧伤、名利得失，都随老街小巷飘散殆尽。

老街不大，几十户人家，但也分上、中、下街，还有后街、草街。虽然上街咳嗽一声，下街都能听到响，但几十年的人情闹市却兴隆无比。老街自古以来一直是老家的商贸中心。从小到大，去往老街的路已走过无数次，因为过了中街的幺儿拐就是舅婆家的老茶馆。

走在铺满鹅卵石的老街小道，看两旁隔断式木门街铺，还有许多保存至今的二层小鸽子楼。街上和往常一样拥挤不堪，车来车往，人流涌动，电动车的喇叭响声刺耳。

很小的时候，打酱油买醋的活儿大多数是我跑腿，外婆总怕我忘记了，一毛钱的酱油五分钱的醋，提醒着让反复念熟后再上街。有时真的会蠢到极点，酱油和醋分不清，醋远比酱油便宜，等打错了酱

山里山外 散文集　唐毅 Shan li Shan wai

油，带的钱便不够了，直到多次以后，才纠正由此带来的错误。

使用煤油灯的年代，一样由我到老街购买煤油，三毛四一斤的油钱在当时来讲很贵了，每次我只能打半斤。提着煤油瓶往回走，偶尔的一两次会把油瓶晃翻，油虽然没全倒掉，怕回家不好交差，便在河里往瓶中灌入一些水，看着和装油的模样差不多时便放心回家。那时并不懂得油和水的比重，瓶里的油水并不相溶，上面是油，下面是水，透过瓶子一看明显两层。儿时的我就这么无知，外公没有责骂于我，只教我如果以后再倒了油，回家再拿钱重新去买，但千万不可加水糊弄家人，如果大人们没看见，等油灯上层的油燃完，下面的水是点不着的，那会害人误事。

煤油和水教会了我做人要勇敢面对，即使错了，也不能掩饰做假。

每月逢三、六、九日老街有集，每三天一次。这样的数字很吉祥，街坊老人们都说老家的日子会跟着集市一样一路朝上走。集上会有各样水果，还有山货。有集时，方圆几十里的老家人云集于此，买的，卖的，看的，转的，这就叫赶集。老家附近的乡亲对老街异常热爱，上街也是男女老少热捧的乐事。

老街的存在，像灯，像火，像花，数载岁月长河中诱惑着我们。老街就这么久远、深邃；老街很长，很深，很厚，数辈人都没有走到头。我一次次地走上老街，越往深处走，越觉得我要寻觅的东西更深更远。

老街没有摩天大楼的背影，也无现代都市的喧嚣嘈杂；老街不像江南乌镇、阆中古城那样古朴典雅，但她闹中取静，不染世俗，静默独处。

老街也出过几位名人雅士，大姨夫的父亲张爷据说原是国民党重庆某电讯处少校参谋，后在"西安事变"中与杨虎城将军合作，为

"西安事变"提供了大量情报信息。"文革"中家被数次搜查，党的十一届三中全会后被选为县、市政协委员……还有当年红一军经过留有陈潜伦的传说故事。老街西头的王家有六个子女都考上了大学，当时在老街，一年当中也只有一两个佼佼者考上大学，真的羡煞街坊邻居。

老街的街市上，总会摆出一篮一篮枇杷、荸荠，"枇杷来——新上市的枇杷——便宜喽——"此起彼伏的叫卖声，像古老的歌谣婉转悠扬。一间间店铺前，金黄的竹笋、乌黑的木耳、新绿的茶叶……错落有致地摆放在街摊小案。

夜里的老街，两旁店铺灯光明亮。在灯光的映照下，那些精致的竹器、各色的山货、古董文物，都闪烁着神秘的光泽。我喜欢在烟酒糖果店前看看，看那些盛放着糖果的瓶子。老街，我们童年最遥远的记忆便是这种朴实的滋味。

老街的小桥、流水、人家，虽不及江南胜景，但如若身处其中，却也有另一种风情格调！

老街没有高楼大厦，更无豪华酒楼宾馆，唯有窄小店铺，悬挂着风灯，显现出随意平和。铺面门板整齐码放一侧，似乎为你格外敞开情怀；远处，一家家店铺像是望不到头，有忙忙碌碌的身影晃动。此刻，夜色已经很浓了。抬头一看，已快走出老街了，前方是通往学校的大路，笔直、宽广、一览无余。我意犹未尽，眼前的老街真实又显得有些虚幻，是世俗，却又像是一种传奇。

离开老街，突然有些说不出的依恋，身后的老街是一坛醇香的古酿，散发出浓郁的芬芳。老街也许是一位雅人儒者，任由人们去遐想一砖一瓦背后的积淀。文明与历史的扬弃，或喜或悲，或福或祸，垂名于青史也好，湮没于尘埃也罢，终将成为过去。

回想生活，每个人的内心深处或许都泊有一只小船，历经风浪吹打洗礼，有时也需要一种抚慰，以除却沉积的劳累和创伤。老街于我，便是那片港湾。老街与众不同，窄街道，矮门楼。光洁的鹅卵石路面，原汁原味，映照着历史车轮缓缓行进的步履。下雨时，街坊住户的屋檐下，滴答个不停，一坑一摊的雨水，冒着泡泡，四面飞溅。历史的记忆之所以并不苍白，是因为老街依然存在。也许老街真的就是一张名片，有着永远说不尽道不完的话题。

老街依托陕南小镇的文化底蕴，承载着老家人几十年风雨与共的历史，激励我追思以往，感怀旧事。

小人书时代

  岁月如梭，一晃就是30多年了，旧时那种叫作"娃娃书"的小人书总让人难以释怀。曾经在儿时的心头建起了一座座"黄金屋"，无数次在绘画与文字的页面上放飞如梦的风筝。

  我们上小学时已不再使用毛笔，先是握着铅笔写字，后改用钢笔蘸着墨水乱画，感受方块汉字，稀里糊涂地解着A算式、B方程；清早便混在队列里做着第二、三套广播体操，早读时间仰着头拼命地朗读，有口无心只管发出震耳欲聋的声响；课堂上两眼死盯着黑板，任凭似懂非懂的东西左耳朵进右耳朵出；时不时地隔着课桌递字条儿，藏在抽斗里叠纸包，学期末了再去诅咒老师那些令人提心吊胆的操行评语……种种念想和蠢动在那个年代如飞而逝，然而小人书却始终带着最美丽动人的时光留在脑海，让人割舍不下。

  曾用自己的方式去拥有小人书，条件好的同学依着不同季节安排着自己的购书计划。南山掰笋子，下河抓鲫鱼，上树偷摘果子，用竹夹抓黄鳝，打着火把在桐树下掏知了，想尽一切办法弄些杂货托邻家的大人们帮着卖了，换回一两本小人书。因为它如此的来之不易，一本本小人书，我们便视若珍宝，一页页细览，倘若某本画册弄坏了一两页，便会找着当事的主儿理论，赔不赔得了暂且不论，先折腾个天翻地覆再说。

课堂上是不许看课外书的，但总是经不住小人书的诱惑，时常在课桌下偷窥。被老师发现了，没收了书，还得站在教室的角落接受惩罚，有时小脸蛋还会被扇个通红。这一切终难改变我们对小人书的执着。教室外的墙拐角，操场边缘的草地上，放羊、放牛时，小人书都会见缝插针般地占据每一丝空间。

校园流行小人书的那个年代，买书是非常奢侈的事儿，多数时候以交换看书为主，跨班越级托人打听，四处寻找，千方百计搜寻自己缺少的那几本。家住镇上或是家里条件好的同学会拿着零食诱惑交换，黄豆、饼干、水果糖、葵花子、油炸知了，装上半兜急匆匆去找有新书的伙伴，一手掏货一手交书，书一到手，便闪人走远。还了书，接着去搜寻新的宝贝。一册册娃娃书，层层叠叠地连同画中人、书中事淌进记忆的深处。

娃娃书里汩汩流出孩提时候的童趣，到手了，便如饥似渴地去翻看，却对有的意思一知半解，甚至不知所云。我在小学三年级开始看小说版本的《水浒传》，本来就看不大明白，加之古版繁体字占了文字的一大半，让我大伤脑筋，曾经为了"水许"和"水浒"和他人争得不亦乐乎。个别字看不明白，干脆就揣摸着认半边，一句完了再去蒙一下大概意思，一本书看完了，意思才能明白五六分。所以，那阵儿所有的看点还是在娃娃书里，就这样，把大本小套、厚的薄的娃娃书一本一本地融进永不停歇的时光中。

书店里有新书上架时，我们便贪婪地去浏览，那时并不太理解什么叫先睹为快，反正急不可耐地站在售书柜台前不走，直到把那本新书基本看完，才恋恋不舍地离开。这应该算偷看书吧，看了也不买。有时碰到不好说话的阿姨便不许这样，很快就要回正在翻看的新书，我只好眼巴巴地看着货架上那书咽口水。那几年，几乎没有买过新书，专靠混着过日子。当然，我是"真看家"，不是"伪读者"，书中有高尚伟大之处，我便热血沸腾；画中若是凄惨悲哀，我也义愤填膺，暗骂那奸佞小人，有时不自觉地喊出声来。日复一日，年复一年，心中的积淀厚重了许多。小人书就这样明我心智，长我精神，催我长大。

　　曾经一两代人苦恋心迷的小人书，如同纸风筝一般，让我们魂牵梦绕。像流星飞过天际，去而不复返，它也不再属于我们的下一代，也许将成为文化史上的片段或插曲。正是这扇窗户在我们童稚的心底埋下对真善美的感知，如同现在的信息网络，放飞我们的梦想。怀念娃娃书中的大人物，书册中的景色、气息和多重味道，令我始终感到亲切。一页页的画面，一行行的文字，恰似一种唤醒，留住记忆、童趣、生活的信心和向往。而今再翻阅或者想着这些小人书，似乎更多了一些对人生的另一种感悟。

樱桃花开了

　　老家因果中"玛瑙"之称的樱桃而得名"西乡"。这里气候温和，四季分明，山清水秀，生态优异，素有"小江南"之美誉。除了鲜为人知的松花皮蛋、牛肉干、铁牛、午子山之外，现今吸引众多外地客人的当属北山樱桃沟。

　　10年前，老家的北山很荒凉，除了山就是山，仅有十几户人家和一座部队的老营房，通往川中的铁路绕行山脚。尽管有路可行，又通火车，但光秃荒凉的北山，在青山绿水之间显得有些冷清孤独。某年，席家沟的农户栽植了樱桃树，成熟的樱桃如一盏盏灯笼照亮了山里山外，老家的北山从此成了樱桃世界。

　　后来的一两年时间里，北山的樱桃树陡然多了起来，一条沟，半面山，山连山，方圆数十里，万亩樱桃，以最大规模向外界开放。樱桃种植户、上农大的儿子很专业地介绍说：每100克樱桃含水分83克，蛋白质1.4克，脂肪0.3克，糖8克，碳水化合物14.4克，热量66千卡含钙、磷、铁、钾……

　　春园一家主人向笔者细述樱桃之妙用：樱桃也叫朱果、家樱桃、荆桃。性温，味甘微酸；入脾、肝经；补中益气，祛风除湿。主治病后体虚气弱，气短心悸，倦怠食少，咽干口渴及风湿腰腿疼痛，四肢麻木，关节屈伸不利，冻疮等病症；抗贫血，促进血液生成，含铁量位居各种水果之首。

樱桃核发汗透疹解毒，防治麻疹；樱桃肉能祛风除湿、杀虫，可以治疗烧烫伤；樱桃汁能去皱消斑，养颜驻容……

我无心多听简介术语，直奔果树深处。

新建的春、夏、秋、冬四园和观景台、楼园亭台遥相呼应，一览老家县城风光；莲花湖、环湖路文化长廊、生肖园等也别具一格。樱桃沟开放后，游人如织。我看着眼前漫山遍野白茫茫的一片，淡淡的清香在山间荡漾，虽然天气转阴，光线很差，还是迫不及待地让小姨夫按下了相机快门。

举目望去，山沟山岭一片洁白，似瑞雪初降；果实熟了，漫山灿烂，若红和绿的海洋。日常看惯了牧马河桥，南山滴水红崖；看老人们在老街茶馆品茶谈笑，尝西门桥头的牛肉干，但比对之下都不及此花园一般的景致吸引人。

北山的樱桃沟展现的不只是桃李天下的景致，也同样充满着诗情浪漫。听多位游客说起，李谪仙来此醉吟，苏学士来此放歌，老谋子涂彩，小天鹅轻舞。曾有多位异乡游人赞叹："日啖樱桃三百颗，不辞长做西乡人。"

常言说："樱桃好吃树难栽。"北山的老家人为培植出可口的好樱桃，很讲究风向及阳光照射角度，总是精心选择整理圃地，土质要肥、不能重茬、不能积涝，排水要好、浇水方便、中性土壤或沙土壤。冬前撒施基肥，然后深刨。翌春育苗前再耕翻一遍，耙平整细，做畦。再经过砧苗繁育，苗木嫁接和管理，经过解绑、剪砧除萌、肥水管理、防虫、苗木出圃。这才算真正地栽上了樱桃树，农户们每年还要做一次冬剪和夏剪，再依次进行拉枝、扭梢、捏枝等程序。樱桃熟了的时候，我们只顾分享皮薄、肉厚、个大味甜的果实，都不会去想象樱桃树栽植的艰辛与劳累。

由于老家北山席家沟一带的土质好，山沟的坡度不大，光照均匀，雨水适中，成熟的果子个个晶莹剔透，犹如一串串玛瑙挂在枝头，美不胜收。樱桃就这样带着老家人一步步走入康乐家园。

关中灞塬深处，蓝田华胥村边，也都建起了樱桃园区，但老家的樱桃沟以独有的自然风情和陕南特色展现自我，让过往人士怡然花海，沉醉春光，愉悦身心。

迄今为止，西部大开发的脚步已踏进老家十年有余，老家人亦借此东风圆满举办了十届樱桃盛会。"樱桃为媒、交流合作、共谋发展，以茶会友"，产业品牌助推着老家向前飞奔。樱桃节的开（闭）幕式年年释放出老家人奇彩特色，茶艺表演、演唱会、摄影大赛、茶乡放歌大型演出等一系列精彩节目，吸引着各地客商游人。

座座青山绿，三月樱花香。每每看到这样的好去处，我便会仔细品味老家北山的那片樱桃沟。

赶电影

　　看一部新上映的大片时，让我想起了一些看电影的陈年往事。老家开始放电影那些年，我们曾经无数次地追着电影跑，能否看出名堂先不说，就图个热闹。在那些不知道自己该干什么的岁月里，我们就在大人们的训斥和叫骂中稀里糊涂地度着光阴。

　　9岁左右，乡里终于有了自己的放映机，可以转着圈儿给各村放电影，个把月一轮。每在放映之前，村干部就近找来一些好劳力，在院子一头竖起两根高大粗壮的木杆，悬起大银幕，等到天黑，便正式放出人影儿。

　　放映场的热闹气氛非比寻常。先到的人抢着在前场坐下，眼巴巴地瞅着银幕等着画影儿出来；中场的多数是当地的住户搬着自家的凳子，拣着好位置悠闲舒适地守候；晚到的人只好在后场你挤我挤你，踩着吱吱咯咯乱响的条凳。大人脖子、肩头扛着小不点儿；院落正屋、偏房的散水和走廊尽头，院边草垛上也撂着几个不怕摔的半大小子们，老的一群，少的一簇，异常热闹。

　　只为看场电影，赶着轰轰烈烈的场子，不惜走上二三十里路，风雨无阻。倘若遇到发电机坏了或者放映机有故障，苦苦等待几个小时，直到前面传出话说彻底不放了，我们这才悻悻地离开那家大院。没看到电影的感觉很是懊恼，性情激昂的伙伴们总要捶胸顿足，嘟囔

山里山外 散文集

唐毅 Shan li Shan wai

几日方肯罢休。

被我们追星逐月般地赶上的电影很传统。那时还没宽银幕，纯正的黑白大片，往往先放一小段农家新品种的短片，或是在银幕上打出几句口号、标语一类的幻灯之后，大片随即登场。各种人影儿照在四四方方的银幕或者白灰墙上，透过悬吊起来的大音箱传递着比画面慢半拍的声音，交错荡漾在夜色里。

看过的片子有不少，诸如《狼牙山五壮士》《小二黑结婚》《朝阳沟》等，到后来，有了《大篷车》《少林寺》等彩色宽银幕大片儿，我们便激动地赶着看连场。多了，大人们便不允许，我们仍然偷着跑，即使晚上回家进不了门、睡不成觉也无所谓。

回想老片，确实经典，除了崇拜李连杰、梁小龙的武功之外，也深刻地记着义气非凡的侠客、武功高超的大师，还有诸多豪杰、英烈。有时也跟着大人们一起咒骂高加林没良心，甫志高不是好东西，稀里糊涂慢慢看懂了电影。

一场电影一个半小时，路上连走带跑两个多钟头，回到家里，院子的人家早已酣然入睡。第二日大清早，后院的二外婆、三表叔、小舅爷便站在自家门口喊着我，要我把看的电影给他们从头至尾讲述一遍。于是，我会模仿着电影中的打杀动作给他们再现那些精彩片段，听得他们哈哈大笑。若哪儿说断茬了，大家便静静地候着我想起那精彩的后续段落，从不催促或者打断我。我便一次一次地努力回忆每个细节片段，尽量不让这些邻舍们失望。赶着看电影，回来讲电影，我在回忆中去努力争取一些夸奖，如聪明、好记性、有出息等，得到儿时的自信和满足。

后来走进部队大院，俱乐部里每周都会放电影。队伍依次进场，还要吼几首军歌。南边呼，北边应，你一首，他一曲，一片呱唧掌声打着节奏，拉着歌儿吼西东，热闹的场景呈现另一种气候。礼堂的电影开始后，没有人再随意走动，纠察会监督着整个场面，直到全场结束，队伍再依次喊着口号带回。从这以后，我们便不再跑腿追赶电影了，看的片子越发多了，精彩的故事便在礼堂里时常闪现。

历数往日的电影，就这样追着去，赶着来，好些年头一直这样。农家大院赶着电影跑，一程比一程走得远；部队礼堂放电影吼着歌，一浪比着一浪高。透过银幕，渐渐知事了许多。

如今的都市影视剧场日益增多，无须自己带凳子，更不用去追着电影跑路。夜景中的街道，灯火通明，五色缤纷，车来人往，穿梭不息，和当年赶电影一样，追着脚步赶着走，蹚出梦想好光景，白里来，黑里去，一直向前，没个终了。

祭灶神

每逢过年，老家陕南总有不少热闹之处，划旱船、唱花鼓、耍社火，这些习俗延续至今，没个改变。每到这时，便是我们孩子们快活之时，尽管对大人们所说"我们盼挣钱，他们盼过年"的一些话理解得并不深刻，一门心思就想着穿新衣和压岁钱。尽管那时的日子有些砢碜，但过年的喜悦仍然很灿烂。

记忆犹新的是过年前后的诸多讲究和门道，让人回味，新年旧俗在流逝的岁月中沉淀成永恒的记忆。

常听外公讲，腊月二十三，"灶王爷"要上天，就相当于现在的年终"述职"。家家户户要敬献糖果，为的是让"灶王爷"嘴甜一点，在天帝面前多说好话。寓意灶王爷"上天言好事，下界保平安"，所以年前的祭灶在乡下一直很盛行。

老家也有把腊月二十三称作"小年"的说法，祖辈数代人就沿袭着传统习俗，年复一年送灶神升天，乞求来年五谷丰登、风调雨顺、家庭和睦、国泰民安。因而，亲邻们便要提前准备牛皮糖、芝麻糖或做些糯米糖、盘馍，备好香烛、鞭炮用于祭祀。给灶神敬献的盘馍为十二个，有闰月则十三个。糖要有黏性，灶神吃了糖粘住嘴，说不出话，免得他在天帝面前黑白颠倒、胡说八道。

外婆做事一向讲究，每年祭灶由她操办，外公从不插手。吃罢晚饭，外婆便把备好的盘馍放在碟中，走进灶房，在用洋芋削好的灯内倒上清油，寻五根火柴，用棉花裹身，斜放在洋芋灯内点燃，名为五花灯。然后在香炉中插三炷香，摆上糖果茶酒、盘馍等。饭锅内放一碗水，碗上横放一双筷子，四周撒几粒大豆，那碗水为天上的银河，筷子为桥，大豆是灶神的马料。一切准备妥当，外婆点燃香，开始念叨起来："灶神、灶神，今夜送你上天庭，多言好事勿报恶，乞求上天赐福保平安。"然后掐一点盘馍，泼洒些茶酒，倒进灶膛，祭灶仪式就算结束。

我没有见过灶神，也没亲自敬过神灵，不明就里，每在这时免不了向外公问个没完："灶是砖和泥糊的，真的有神吗？"

外公没有什么理由说服我，便郑重其事地给我讲大宋江山原本不止数百年，只因为灶王爷的缘故，被上天罚减为五百年。

据说祭灶那日，赵匡胤的祖母早早起床，准备生火做饭。突然听得窗外有声音："赵家天子万万年，赵家天子万万年……"赵母觉得奇怪，探头朝窗外一看，原来那窗外的树枝头上站满了无数颜色不一的鸟雀，冲着赵母叫喊。赵母被这情景吓了一跳，想起昨夜的怪梦，一会儿喜一会儿忧。那鸟雀却是越叫越响亮，越叫越像真。赵母一激动，拿起手里的锅刷猛拍灶台，大叹："穷得舀水不上锅，还什么天子呢！如若神灵保佑，不说万万年，真能有天子之位啊，几百年足矣！"其实赵母也只是称奇，被鸟雀这么一叫，心头高兴随口一说罢了。不想因为她拍了炉灶，将灶神君打怒了。灶神一肚子委屈，便跑到天上玉帝那里去告状："玉帝，那赵家说不需要万年江山，只需五百年即可。你看，她嫌万年太长了，不同意，还打了我五百大棍呢。"说完，灶神把自己被赵母拍得青肿的脸让玉帝查验。玉帝一看，还真是这么回事，于是下旨："赵家后人，天子之位不得超过五百年！"

后来，我一直放不下这个问题。从历史书上大致查看了一下：宋朝（960—1279），北宋九帝，南宋九帝，共十八个谥号，十九个皇帝，共计319年。

是不是灶君的过错改写了历史，暂且不说。从此，我便不敢小觑祭灶之事。

民以食为天，世人一日三餐皆离不开灶头。乡间农家这种朴素而庄重的祭灶，融入了人们渴求岁岁平安、吉祥幸福的心愿。如今，虽然这种古老的乡俗逐渐衰微，但"小年"前后清扫除尘整理屋舍的习惯却仍然流行。

老家的路

老家的路不远，也不长，却很是难走。记不住事儿的时候，不知道是怎样的来回，长大后，走了几遍，才懂得那是异常的艰难。

早先峡河西岸的那条沙石路，通到瓦道子，是为石膏厂修建的，尽管有些简单，却是一条主要通道；后来修到了钟家沟、骆家坝、大河坝。石膏厂所有的石头就从这儿运往县城一带，沿线峡口、柳树、丰东、杨河、葛石都曾享用过老家的石头。没有这条路时，东岸的马鞍堰是老家唯一通往山外的人行主道，15里的堰渠边坎，清一色的石板，很不平整，堰渠外侧便是峡河，不留神打个小绊子便会掉下去。

老家的几代人就在这条路上走着来回，度着春秋。早上天不亮背上山药、土豆、玉米或是扛着木料到峡口、贯山镇上卖掉，到手的钱换成盐或者买上十来斤米面，稍微宽裕的人家偶尔也会给孩子们买上几颗水果糖。天黑时分才能回到家里，肩扛背驮，劳作一天的老家人便围着火坑嚼着铁锅里炖出来的土豆烧豆角、玉米疙瘩。在陕南的多数山区，老家人都是这样活着，与山相伴，山上山下，几经风雨，走着石河滩、黄泥坡和石板路，祖辈数代已成模式，这就是老家和老家的路。

两岁多时，由于母亲的突然离去，我们兄妹三人不得不各自离散，妹妹给了三叔家，大哥随了舅舅，我从左溪来到柳树店，寄养到了外婆家。这便是我第二个老家，直到当兵走的那年。

人虽到了柳树店，户口一直在左溪，一年当中与我相关的大事儿就是回老家拉我当年的"口粮"。这并不是一件轻松的事儿，腊月中旬，爸就会提前从城里赶回来，借来架子车，找上三五个邻里乡亲往老家赶，凌晨三四点出发，天黑后才能返回。如若遇到山路有雪，几位爷舅叔伯会滚成泥人一般，换回老家人给予我的那份生命之光。那时的我便对起早贪黑有了比常人更为深刻的理解。苦经折腾拉来的"口粮"并不是真正补偿我吃用的东西，顶多是二三百斤土豆或者红薯，如果哪一年能拉上一点玉米、麦子什么的就算是稀罕东西了。因为地处山区的左溪，能种的东西就这些。开春后，我的"口粮"会被当成种子回到外婆和舅家的地里。回回沟的人多少有些羡慕，每年这个时候，外婆家是唯一可以不买洋芋种子的人家。直到当兵后，因为落实政策，我才脱离了黑户，转到县城，结束了因为我而带给老家人每年一次的山路之行。

在宝鸡当兵的几年，我没再回过老家，对老家的路便有些陌生了。四年中唯一的一次探亲，是经阳平关、略阳、汉中，14个小时的火车到西乡，再回柳树店，最后才能回到左溪。回一次老家，拐几道弯，绕几条路，过几个点，路过老家再回老家。

1992年，我随部队整编来到临潼，算是很幸运，并没有离开老家多远，但终究还是告别了老部队，后来在新的老家又有了自己的家。回想以前的这些地方，虽然不复杂，但感觉走到哪儿，哪儿便成了老家。故事就在自己的生活中诉说N遍数年，重复到现在。

其实老家的路并不遥远，自己的生活轨迹也没什么改变。只不过以前集会，时常会唱《战士第二故乡》，每当把歌吼得震天响时，便想着唱歌的地方也许真的就是老家了。所以在很长的一段时间里，对老家的概念就这样模糊而又清晰，因为总在心里惦记。后来，探家的机会多了，只要时间许可就一定要回柳树店看看外婆。老人家过世后，柳树店的人怕我不再回去，舅母再三嘱咐：不可把老家这条路断了，要常回来看看，终究是在这儿长大的。

去年秋，曾回过左溪，峡河流水清澈如镜，虽然听不到马鞍堰头老家人的叫卖声，也见不着买卖橡子的二道贩子，但通往老家的那条山涧中，瓦道子的路依然在线，通乡油路铺设已经到了左溪街头，到老庄子和狮子村的水泥路顺河依山而上，穿过麻柳坝的柏树林，直到半山腰。

如今，西康线、西汉高速虽然不能到家门口，但路程近多了，没有了早先的漫长和艰难，快速飞奔的希望时时伴随着老家。每逢单位月考、半年或者年终检查，走到秦岭山顶或是宁陕交界，总会不自觉地想着路的那头便是老家、老家的山和马鞍堰的那段石板路。

遥远的淡绿

　　谈到钱，人总觉得有些俗，但不服不行，缺钱的日子不太好过。如今，挣钱是愿望，花钱是保障，轮回刺激着人的每一天。自己走过的40年里，挣钱虽不多，花钱也不少。在来回进出口袋的钱币中，有一种票面淡绿，面值两角的小钱币却时时鞭策着我。

　　老家的几个大镇一直有着逢会赶集的习惯，于是，逢集势在必行，赶会就成了热门。某日，外婆给我和小姨每人两毛钱，让我们到20里外的峡口街上赶会，那时不懂得赶会逢集是做什么，但还是跟着大人们一起去了。

　　峡口离外婆家不远，不到两个小时我们已融入了拥挤的人流中。镇子三面环山，街道不算长，顺河而走就到了河的下游。我们这群小跟屁虫装模作样地在街上看来看去，没有买卖，也走不到街道的尽头。几个钟头后，手中攥的那两毛钱已捏成了小纸卷，湿漉漉的。从没拿过钱，总怕闹丢了，花又不知道怎么花，直到肚子咕咕乱叫，才知道该吃点什么了。一碗面皮，两根麻花，可怜！两毛钱根本值不住花啊。想想刚才还握在手心直出汗的那张绿色小票，很是心疼，当时的那种失落和疼痛，至今还隐隐浮现。

　　长到七八岁，第一次自己拿着钱，而且花得干干净净，在记忆里应该算是比较奢侈的一回。回家后的印象更为深刻，所以我不得不记着这事儿。因为小姨一分钱未动，原样拿了回去，我却身无分文。于是，大受表扬的是小姨，我却狼狈得要命，外婆屋里屋外地数落：败家子，没出息，乱花钱。数月后，这个话题才勉强告一段落。

烙印就这样打在了我的心头。当兵后，每月的津贴从十二块五陆续上调，不再像两毛钱那么寒碜了，但仍然是两毛钱改变了我后来的生活历程。

偶然的机会，书店张阿姨介绍我到虢镇图书馆，三块钱押金，两毛钱的工本费，拿到了一册红皮借书证。三天五天一本，就这两毛钱，让我看完了巴尔扎克的多部作品，还有《静静的顿河》《红与黑》《鲁迅全集》等200多本当时买不起的好书。尽管不全是名著，只要我喜欢的都看完了。有时我会抄些精彩的段落或句子，那时什么都没想，权当练字，只觉得有一种乐趣、一种兴奋、一种急不可耐的企盼和等待。后来，部队离开宝鸡时，我不得不还掉了借书证，三块钱的押金归我，两毛钱的工本费算是六年的学费。至今我无法说清楚对两毛钱的那种感受，是留恋，是庆幸，还是别的什么，但我明白，今生不可能再有了。

后来的故事似乎是两毛钱伴我走过了好长的一段人生路。学雷锋活动月开始了，我被选调进了演讲报告团，尽管自己的故事里没有什么动人的情节，但我从两毛钱里读懂的东西让我足足通过了20多场报告会。台上的人说我写得好，功底扎实；下面听的战友说很感人，催人奋进。在鲜花和掌声中，我心里清楚，这是那两毛钱在说话……

部队恢复提干来得很突然。因为我常在集会前闹"嘴皮子"，有点小名气，虽然没有个人三等功以上的奖励，却也在上级党委常委会上顺利通过了，等我收到通知时已经上报到了军区，那时的我似乎还在两毛钱的梦里没醒过来。从军区干训队回来后，才真正感觉到了那份来之不易的万幸。随后到政院读书，机关宣传专业要求的基本功是说和写，每天课前五分钟的即兴演讲再次磨砺了我。历次讲课、演讲一类的比赛，我回回参加，次次夺奖，青春就在唇齿间闪出亮光，两毛钱成就了我的"铁嘴"。

周末或是晚间，我照例去学院的图书馆，没有间断。只要一看书，便会想到那两毛钱的借书证。时至今日，不用借书证，人们照样能看到更多的好书，只要想看的似乎网上都能找到。如今，两毛钱的时光已成为历史，闲暇之余，我会不自觉地从保险柜里拿出那张长江大桥图案的两毛钱纸币，细细搜寻着桥头草坡下倒写2字的暗记和那遥远的淡绿。

也许是这两毛钱改变了我的一生！

路的渴望

路的渴望源于我过去一段特殊的日子。

三岁时我随父亲到了外婆家里，以后便是漫长的寄养生活，直到穿上军装的那天。当时由于多种原因我的户口一直不能随迁，所以在外婆家的日子里我等于是"黑户"。

那几年的户口是人生存的基本条件，没有户口就没有粮食。我赖以生存的口粮一直由老家三叔代为管理，到了年底，爸和几位亲戚或者邻居便往返老家为我拉粮。这时，全家老少十几口人都期盼着去往老家的路能够好走些，以保顺利运粮，来去平安。

为我拉粮的队伍规模很小，几乎每年都由爸和两三个邻居组成，他们先是从外婆家步行20里到峡口集镇，接下来要高一脚低一脚地走过那条建于20世纪50年代末的马鞍堰。走过这20里堰渠的石板路实属不易，外侧是河内侧是渠，没有遮挡，掉到哪边都会很惨。

过了堰头，再步行20多里山路，才能到我的老家。通往后山的路确实令人苦不堪言，冬天满山积雪，两月不消，早上趁着上冻可以勉强行走。一过午间，路烂如潭，空手也难以行走，再让家人挑着、背着几十斤重的零碎疙瘩东西，在这样的路上实是难行至极。就这样穿山过河，到了三叔家里，大家忙乎着分装、过秤、算账，等到一切清理完毕，爸再和几位亲友把属于我的东西扛的扛、挑的挑从后山上往回翻弄，一次拿不了的，三叔和三婶再帮着背些送到30里外的集镇上。就这样乱乱的、忙忙的，一大家人都为着我那点口粮奔波。

也许这不到七十里的路程本不算什么，放到现在，人们若驾车一轰油门便到，而在那时对于没有大车路可行的老家人谈何容易？我的拉粮之行就这样考验着家人。为了我的生存，他们似乎走上了一条生死线，春去冬来，年复一年。

越是期盼路好走，怕出事儿，不幸的事儿总会发生。第二年冬的拉粮途中，三婶不小心掉进了堰渠，等打捞上时，人已经被水冲出去三里多地。

这样的事儿一经发生，使为我的拉粮之行平添了许多悲壮。后来的一次是舅在这条路上摔成严重骨折，没辙的父亲只好把粮和车寄存在镇上，安顿好舅舅后再去拉粮，这一个来回已经是三天后的事儿了。

路上发生的这些事儿，后来就成为我如何做人的教育题材，外婆和大姨会在我不知天高地厚、调皮捣蛋之时，搬出这些关于路难行的故事教化我，直到我泪流满面、号啕大哭为止。也许我是为自己的无知而自责，或者是感恩于父辈们的辛苦劳作，到了为我拉粮前的几天便开始和外婆一起叨念，呼唤老家的路快快好起来，祈求能够平安顺畅。

然而，家人如故，我依然是我，通往老家后山的路照样泥泞不堪。在很长的一段时间里，陕南一带多习惯于"山里人、城里人、乡里人"的叫法，这些圈圈点点的倒不是有意歧视谁，但不通路的地域条件无形中把人分成了三六九等。

三年后，峡河西岸的瓦道子开了石膏矿，便有了一条沙石路，尽管很窄，让路、会车非常困难，但总算有了一条通往山外的路。交通闭塞多年的老家人，看到了通到山下的大马路，还有拖着四个轮子来回摇晃飞奔的卡车。

我的命运从此有了少许好转，为我拉运口粮的车队向山里挺进了二十里，父亲他们可以把车子寄存于石膏厂的老乡那儿，少费了许多周折。

　　这条路足足让父辈们走了八年。后来人口普查，落实了政策，外婆家终于给我上了户口，家里的拉粮小分队解散，那条通往老家的堰渠石板路和峡河西岸的沙石路留在了我的记忆中。

　　我离开老家已经二十多年了，没有机会重走那段曾赖以生存的山路。西汉高速通车后，曾一度心热拉着父亲重回了一次老家。峡河西岸已经全部修通了水泥路，直通后山，竟然能到舅家的大坡下。抬头仰望山中老屋，我足足待了几分钟。这是我的老家吗？这些年，不管城里城外，时常会见到在路边的护坡或是围墙上写过"要想富，先修路"，回到老家，才真正感悟"富不富，就看路"。因为老家的各种境地，让我有过切肤之痛，非分渴望，也才更让我有这些铭刻于心的体会。

　　国庆放假，去了阆中、广安，回返时便有意绕道西康高速，放缓车速，细细品味，脑子里多的只是感慨：真的好快、好利索、好舒服！走过石泉、镇巴等这些匝道出口时，便有些激动，坚信将来老家也会有这样的路，不会再让老家人走那高低不平的山道。

　　山路注定了山区人的命运和未来，渴望山里的公路更多、更平、更宽。

暖 心

说到取暖，我便想起外公和老早的火炉。

老家陕南冬天取暖大多是火盆烧木炭，现在仍是这样。因为父亲早先在煤矿工作，每年入冬前都会给家里买些便宜的无烟块煤回来，外公家便可以烧炉子，左邻右舍在晚上都会来烤火取暖、聊天。

外公在世时，没什么爱好。空闲之余总是泡一壶炒青，吼两声不太地道的秦腔，晚上围着火炉焖上旱烟大摆"龙门阵"，我受益最大的就是在火炉旁听他和老人们谈古论今讲故事。

外公年轻时做过几年挑夫，帮人从山外挑盐，有时跑一趟就要多半月。有年冬季碰上下大雪，受风寒患上了肺结核，夜间总是不停地咳嗽。止不住咳时，便喝茶强行抑制，每日早上一起来，先要泡上一壶茶喝着，咳嗽的劲儿便能轻一些。我偶尔去帮他捶一捶后背，外公就会轻松许多，有时会摆摆手示意我不要管他，我却会看见外公的嘴边留下丝丝唾液和脸颊上的泪水。现在想起来非常懊悔，小孩子咋那么多瞌睡，就不知道早上早点起床帮外公沏点茶什么的。

在白天和晚上的前夜，外公会异常地安静，尤其是冬天前夜的火炉是最吸引我的地方，因此我总不能按时睡觉。因为长辈们会围着炉子谈天论地，我喜欢听他们讲包公的三口大铡刀、还魂枕、王宝钏和薛平贵、短命韩信、杨家将，还有诸多戏曲里的情节和传说中的故事。隋唐好汉的排名顺序，梁山英雄中哪些是三十六天罡、哪些是七十二地煞，我竟然也数得一清二楚。就在暖暖的火炉旁，泡在外公的故事里，我慢慢长大。

在火炉边让我难以接受的是老人的大旱烟，那杆枪一样长的烟锅，四处飘荡的烟雾，呛人的味道伴随老人们咳嗽声再加上奶奶们的嘟囔，异常地热闹又乱哄哄一片。

抽旱烟也许是外公和老人们的另外一种享受，因而他们格外上心，似乎有些和老家人喝茶一样的感觉。

外公他们抽的旱烟并不贵，烟味却异常难闻，让人头闷。他们先把晾干的烟叶切成丝，放在长长的烟锅里，拇指狠劲儿地按实在了，放在火苗头上燎烤点着，烟嘴那头放进嘴里狠劲儿地咂吧，有节奏地发出响亮的啧啧声，嘴角便冒出一串串烟雾，缓缓随着火炉的烟气飘散。这时外公便半闭着一只眼，哼着我听不太明白的小调，一曲哼完，接上聊天说故事的话茬，就像现在的电视连续剧，只是少了广告。

凑热闹的我们每到这时只管伸出手，叉开大小手指，火盆或者火炉便被十几只手盖在下面，我的小手就在这粗糙硕大的手掌缝隙中分享那份温暖。大人们有时会拉着我的小手放到火劲儿正中央，直到烤得我手皮痒疼乱喊才肯罢休。

外公和老人们讲的故事里，我能记着的有许多片段。外公每讲完一个故事，总要不停地重复，如归纳总结一般：赵家天子万万年！本是杨家的江山啊，可惜只做了挂角将军。说到韩信，外公会把韩信折寿，被吕后所杀的细节讲得很是明白，听得我时常发呆，一出完了，我总以为还有许多，便赖在那儿不想走。那时我比大人们还要上瘾，死活是不肯离开的，有时外公便强行掐断故事情节，说，没了，明天再说。没听完精彩片段的我只好悻悻离开。

山里山外　散文集

唐毅
Shan li Shan wai

陕南一带的农家就这样冬去春来地过活。冬天的火炉也就这么个样儿，前面烤黄，后背透凉，持续到很晚，很晚。第二天，老人们的日程一切照旧：清晨一壶茶，白天几锅烟，晚上几折戏，故事一大堆。日复一日，岁岁如此。

遗憾的是，我读初一那年，外公离开了人世，阿訇们的一次次诵经祷告声带走了我的故事。到部队的前几年，冬天一直烧烟煤炉子，我们的故事变成了围坐一起学条令、读报纸、写日记，偶尔也会炖白菜、煮方便面什么的，甚至来点老沱牌或者尖庄。火炉的故事在我们身上延续，只是我们要努力维护着铁的纪律又偷偷地违反着条款规定。

现在，城里城外，要么集中供暖，要么空调、电暖器或者壁挂锅炉燃气取暖，和老人一起住的也不再听什么三经四说的老故事，多的是电视或者网络。而我依然怀念那火炉边的景象，因为没有了外公的"龙门阵"。

火炉，烘烤过我们祖辈数代，温暖着我们孩提的身心。面对红红的火苗，我记着外公讲的最多的一句话：火心要空，人心要实！

秋实·白果树

老家西乡回回沟离县城有40里地，并不富裕，但方圆百里内还算小有名气，一是这儿对河两岸都是回民，二是有三棵老白果树远近闻名。我在回回沟生活了12年，白果树对我来说并不是一个传说，它用乡愁包裹着我年幼时的那段回忆。

白果树是回回沟的标志，诉说着几代人的情仇。

三祖爷以白果树为荣，时常夸口："民国二十六年（1937年），县长要用15块大洋买这几棵老树，我就是不卖。"说得多了，就成了故事，在回回沟人的嘴里生了根。渐渐地，三棵白果树就成了回回沟里族人的象征。在那时，白果树给我的感觉很是神圣。

在穆姓家族里，三祖爷不仅辈分高，资历也不浅，说话有分量，脾气大，爱训人，年轻后辈们都怕他。三祖爷给三棵老白果树排了个队，院子里的是老大，前头院坝的是老二，三岔河边的是老三。久了，白果树就成了对河两岸的代名。一问哪儿的，说不清楚，听不明白，只说是白果树下某某家的，人便知晓。因为回回沟对河两岸只住了马、穆两家人，大小加起来不足五十户，扳着手指头也能数出个里亲外疏了。

白果树饱经沧桑，伴随老家人走过了数年沟沟坎坎。

逢斋过事儿，白果树下便成了宴会厅。七碟八碗、凉热拼盘，三

山里山外散文集

唐毅
Shan li Shan wai

祖爷便管起这一堆事儿，支客司(主持)、跑堂的、端盘洗碗的，他一并招呼着支应，打理得头头是道，几十桌或几桌的都会让主人家满意。若是寺里来了人，三祖爷就陪着阿訇们在树下诵经说事儿。平日，哪家若有断不清、扯不明的家务事儿，三祖爷便像判官一样三分天下论长短，指着鼻子骂着娘，直到把事儿摆平才算了结。

白果树如一缕浓浓的乡愁，时时唱着它的四季歌。

一年当中，白果树会在春季发芽，夏季挂果，仲秋收获。在春季里，树枝上慢慢长芽、变绿，小扇一样的叶片会由小变大，绿色葱茏之时，树枝上就多了一颗颗碧绿碧绿的小孖籽儿，这便是白果的雏形。入夏后的树枝便会挂上一串串绿色小灯笼。长大后，开始为青绿色，外表附带白色粉状物。成熟了，便呈现金黄色，早熟的果子不用敲打，便会随着树叶落下来。遇到昼夜下雨，清晨地面便散落一颗颗已经脱壳的白果，院子的爷奶姨舅们就开始忙着拾掇了。三祖爷每到这时就会对着拾白果的孩子们乱吼一气："狗日的不听话，小心烂手！"

有时，我们会把果仁壳咬开一个口，放在火灰堆里埋起来，过上半个多时辰掏出来，那口味，比炖、焖、炸、炒的还好吃。若是忘记了开口，埋在灰里的白果就炸得灰土、火星四溅，我们便在大人们的叫骂声中渐渐长大、懂事。

白果树总是带着秋天的希望，让老家人收获着喜悦。

到了收白果季节，熟透的白果像杏子一样黄澄澄，风吹树摇，会掉下来。三祖爷家的人就找来两三个人帮忙，爬上树去，一阵摇晃敲打，噼里啪啦，白果就会掉落满地。树枝顶端够不着的，就由它以后自然落下，两位堂舅会每天早上起来在树下清理，慢慢收集，到白果掉完为止。

每年三祖爷家都会收获上十担白果，淘出来的果仁晾干后就卖给小贩子，城里中药店铺的大夫有时也来收购一些。三祖爷懂点药方，不停念叨："白果入药，性平、味苦涩、有小毒，功能敛肺定喘；主治……"我们围着他要听时，三祖爷就一声大吼："你们懂个狗屁！"便轰着我们散开走人。

三祖爷去世了，军成舅舅接管了三棵老树。位置没变，依然挺拔俊秀。听小姨讲，那已经不是原来的老树了，新的树干比老树挺直，但没有老树粗壮，也没了老树的茂密。

如今，公园里也开始种白果树了，看着那片片碧绿的扇子叶，我便想起了老白果树、树下的信念，执着和企盼，还有那淳朴的秋实。

情醉午子山

小时常听老家人念叨："西乡有个午子观，离天只有一尺半。"那时便对午子山有一种莫名其妙的崇敬和向往。只是从老家出来太早，一直无缘上山走走。

五一小长假，陪姨妈一家回老家，总算了却一桩心愿。

出县城东关过古城子，20分钟后即到午子山下。

拾级而上，山门便在眼前。站在山门之外，便能俯瞰堰口街道，远处的板桥镇也隐约可见。山下便是泾洋河、牧马河交汇形成的七星湖和枣园湖，湖面碧绿宽阔，水波随风轻轻涌动，顺流而下汇入汉江。

午子道观共分上、中、下三观，在老家一带颇有名气，传闻大舜谋士善卷、明代建文帝均来午子山隐居，道教重要人物张道陵、张鲁、张三丰来此讲经传教。每月初一、十五是香民上香时节，钟磬齐鸣，香烟缭绕，甚是热闹。到了大年初一、初二、初三和农历三月三，远近游人齐聚至此，便到了一年中道观香火旺盛的时节。

细看午子山，便能体会出导游所讲的山势险峻，壑幽林密，二水环流，奇峰独秀，并不夸张。山峰左侧，独峰腾空，万仞绝壁，呈飞凤欲翔之势；崖壁上"飞凤山"三个字矫健遒劲，记载为西乡侯张飞用手中丈八蛇矛所书；另有"虎头崖"三字依稀可辨，却不知出自何人之手。

偶有山风吹来，听松涛之咏，如诗如歌，使人迷醉其中。细细品味，游人曾把午子山比作陕南"小华山"，实是不差。到达山顶，回首再看其山脉走势，但见沟壑交错，林木浑然。白皮松耸立悬崖危壁之上，呈欲飞之状，枝叶繁茂错杂，参差于山岭四周。看山下的泾洋河自南向北，蜿蜒伸展，绕过山脚缓缓流向远方。身处此境，倏然感悟"山高人为峰"之洒脱。放眼云天，清风如丝，沁生心底，自己行走半生，所经历之烦恼太多，然而，在此之际，一切都尽然消失。

站在山间，静静享受午子山风，李遇知的《午子山》便在耳边响起：飞蹬千盘漫陟巅，振衣冉冉白云边。上方灵气谁能识？身到烟霞便是仙。

看山听故事，多数人都习惯了这样去感受。午子山上闪现最多的是关于戚妃娘娘的传闻，揪心般的疼痛便长留于记忆之中。

戚姬，名懿，祖籍秦末汉初定陶（今山东定陶），是汉高祖刘邦的宠妃，曾随刘邦征战四年。戚姬善舞，长于鼓瑟，其舞姿优美，甩袖和折腰都有相当的技巧，且花样繁复。其鼓瑟节奏分明，情感饱满细腻，刘邦观之、听之常不由自主地随声唱和，兴奋之余，两人开怀大笑，忧伤之时则相对唏嘘。

刘邦称帝后，宠爱戚姬，渐渐冷落了陪他多年征战南北的结发妻子吕雉。戚夫人生有一子，名如意，被封为赵王。刘邦以太子刘盈软弱，欲改立如意。高祖十二年（公元前195年），刘邦病重，自知不久于人世，欲换立太子。太子听从张良之计，在宴会中邀约闻名遐迩的贤人"商山四皓"相随，巧破圣意。刘邦见太子有此四人辅佐，换立太子之事只好作罢。便召来戚姬，让戚夫人跳楚舞，自己借酒击缶高歌："鸿鹄高飞，一举千里，羽翼已就，横绝四海。横绝四海，当可奈何？虽有弓矢，尚安所施！"以表自己无奈之心境。

刘邦死后，戚夫人的命运便掌握在吕雉手中，可谓"生不如死，死却无期"。公元前195年五月，刘盈即位，是为汉惠帝，吕雉便做了太后，随后吕后逼戚姬穿上囚衣，戴上铁枷，关入永春巷春米。戚夫人悲痛欲绝，乃作歌："子为王，母为虏，终日春薄暮，常与死为伍！相去三千里，当谁使告汝？"吕雉知后，先毒死其子赵王刘如意，斩断戚夫人手脚，挖去眼睛，熏聋耳朵，迫她喝下哑药，丢入窟室，叫作"人彘"。公元前194年，戚夫人含恨辞世！

看着眼前美丽的午子山，飞扬的思绪无法和两千年前的故事链接，亘古芳华已逝，黯然神伤，吕后之毒和戚姬之悲齐涌心头。此时对李靓的诗句"百子池头一曲春，君恩和泪落埃尘；当时应恨秦皇帝，不杀南山皓首人"更多了几分理解。可叹刘邦斩白蛇起义，三尺剑定天下，却无力庇护自己的宠姬爱子。

山的路上，起风了。我黯然走在来回盘旋的石道上，回望被白皮松层层覆裹的峰巅，陡然觉得一位饱经世间沧桑、处变不惊的睿智长者矗立于我的眼前，高大、威猛而慈祥。密实簇拥的树干枝叶恰如老者那苍苍白发，把人世悲欢镌刻在午子山间。

茶 香（一）

　　老家西乡，县城虽小，名声却大，因为这里物产丰富，人杰地灵，历史上曾出过不少名人。这里的各种地方小吃也享誉三秦，尤其是"午子仙毫"茶，更是一绝，所以很久以来虽然寄身在外，却一直以老家的香茶为荣。

　　据《西乡县志》记载，西乡产茶始于秦汉，盛于唐宋。历史上曾有"男废耕，女废织，其民昼夜不制茶不休之举"的记载。据《明史食货志》记载，西乡在明初是朝廷"以茶易马"的主要集散地之一。

　　其实老家关于茶有着许多传说。在很久以前，县城以东十五里外有一座秀丽而险峻的山峰，不知从什么时候起，山顶上来了一位美丽善良的种茶姑娘，姑娘说她因为出生于午夜子时，所以人们叫她"午子姑娘"，这位午子姑娘在山顶种植了一片片郁郁葱葱的茶树。

　　每日清晨，午子姑娘便笑眯眯地提出一把泥陶壶，从山腰一个像龙脖子一样形状的山洞里汲来清泉水，再用青冈木炭把水烧沸，在紫砂杯中放入茶叶，精心冲泡后，敬于客人。

　　坐在山顶茶棚里，阵阵清风吹来，放眼望去，山谷的青松翠柏之间翻腾着妩媚的云海，耳旁传来鸟语溪鸣，身边不时出现午子姑娘婀娜多姿的身影。人们一边品饮着异香扑鼻、清醇可口的绿茶，一边欣赏着午子山峰间迷人的风光，心旷神怡，仿佛置身于人间仙境一般。

　　午子姑娘以茶待客，方便民众之事，在方圆几百里被传为佳话，连远处的一些名人雅士、禅师道长、僧侣儒生都慕名而来。登山求茶者品尝后赞不绝口，茶客们络绎不绝，午子姑娘日复一日，辛勤地忙碌着。

　　一日，有一从南方专程到此的嗜茶高僧代表众茶客送午子姑娘对联一副，贴在茶棚门框之上。上联：龙脖洞中水；下联：午子山顶茶；横额：仙境双绝。他向众人解释道："此'双绝'乃指两双，即茶与水，环境与美女也。"后来被人们称为品饮"四要"，被茶圣陆羽收集到《茶经》之中。

　　午子姑娘以茶待客的美名，被人们越传越远，正好被出巡在外且嗜茶成癖的皇上知道了，他即令绕道驾临午子山。

　　皇上在茶棚里召见了午子姑娘，品饮香茗后，感慨地叹息道："喝遍天下饮品，还数此茶最好。即将此茶定为贡品，专供皇宫所用，封午子姑娘为'御前茶侍'，即日一同进宫。"皇上的此番"好意"却遭到了午子姑娘断然拒绝，皇上顿时龙颜大怒，吩咐左右砍去午子山茶林，将午子姑娘押监治罪。午子姑娘拦住毁林砍树的人，不卑不亢地对皇上说："我随皇上一同进宫。"当大队人马走至白松崖时，天上突然刮起一阵阵狂风，午子姑娘借着风势，纵身一跃，跳下了山崖，只见白云之中，姑娘变成一只美丽的金凤凰，展开双翅沿午子山峰的茶园绕飞一圈后，越过对面山头，向天外飞去。皇上和他的侍卫们目瞪口呆，半晌才回过神来叹息一声说道："午子姑娘乃是神女茶仙，非凡人所比，看来天意难违，不可冒犯。"

　　午子山顶的茶园保住了，午子仙女的传说被人们一代又一代地传颂着。据说,每年清明正午时分，人们只要在当年午子姑娘搭起茶棚的石桌石凳上摆上泥砂陶壶、紫砂茶杯，生起青冈木炭火，汲来"龙脖子洞"中的泉水，午子仙女将会在你不知不觉中降临，像当年一样为你做一次精湛的茶艺表演。当地有不少老人曾有幸观赏到这一人间奇观。

为纪念美丽善良的午子仙女，老家人把每年清明前在山顶所采的新茶嫩芽，看作是午子姑娘的化身，取名为"午子仙毫"。在当年午子姑娘搭起茶棚的地方，修建了一座道观，取名为"午子观"，在她跳崖的地方栽满了白皮松，还把午子姑娘变成金凤凰飞过的那座山头，取名为"飞凤山"。飞凤山下那条清澈的小河的源头，据说就是午子姑娘当年取水的"龙脖子洞"，人们便把这条小河取名为"泾洋河"。

如今，每逢清明时节，西乡县城的人们攀登午子山，朝拜午子观，品午子仙毫茶，到飞凤山留影，来泾洋河荡舟，观山中景色，谈论午子仙女的传奇故事，已成为当地的传统习俗和人们茶事活动的一大乐事。

茶香（二）

很小的时候就听过老家关于茶叶的传说，所以便带着对老家茶叶的崇敬和向往，跟随大人们看茶、选茶、品茶。当然早先时候，这只是装模作样罢了，或者说是简单的盲从。

老家的午子仙毫之所以被称作"茶中皇后"，开发崛起经历了一段漫长时间。午子仙毫于20世纪80年代开始创制，经几年努力，终获成功。1985年初通过省级新产品鉴定，被选送全国优质产品展评会上展出；1986年获全国名茶称号；1990年通过全国名茶复评；1991年获杭州国际茶文化节"中国文化名茶"奖，同年获全国名茶品质认证；1995年通过绿色食品认证；1997年被评为陕西省名牌产品。

五年前，老家的茶园面积已超过20万亩，其中投产园面积13万亩，茶叶总产量近5000吨，居全省茶县之首，成为省内乃至西北地区规模最大的名优绿茶生产基地。

仙毫的采摘及烘焙过程比较讲究，鲜叶于清明前至谷雨后10天采摘，以一芽一两叶初展为标准，干茶每公斤6.2万个芽头。鲜叶经摊放（35个小时）、杀青、清风揉捻、初干、做形、烘焙、拣剔等七道工序加工而成。

老家人对仙毫品质的好坏要求非常精细，一看色、二看形、三闻香、四品味、五讲手感，以此确定这茶的品质或者能否长期留存。

外婆和外公喝茶讲究放上半杯茶叶，多以清明前后的炒青为主。入冬后，外婆和外公为节省茶叶，有时会反复地熬茶。泡了数遍的茶早已发白，既没色，也没了茶的味道，外婆便加满水放火炉上反复煎熬，直到那茶被煮成深黑色，茶便会上来新的茶劲儿。早上一起来，先把院子前后打扫干净，洒上清水，收拾停当，端出方桌，沏上一大杯茶，慢慢品着。有左邻右舍做伴时，便一起东家长西家短地扯些乱事儿。直到九、十点钟应该准备早饭了，才依依不舍地离开茶桌，各自忙活自己的事儿。每日如此，像早间功课一般准时，雷打不动。如遇变天下雨，便在自家堂屋外的前厅处，摆齐家什过活，一切照旧。

来人串门或者亲戚上门，必定倒掉原喝之茶，重泡一杯新茶，以示敬重。倒陈茶之时，不免口中啰唆两句，才喝第二茬："味儿正上口呢。可惜了，可惜了！"来人也便谦让几句："唉，不要倒，不要倒，再泡两茬吧，再泡啊！"说归说，让归让，茶终究是倒掉了，新冲泡的茶壶端上来，泡一小会儿，便分到小杯里让人试品。如若正当清明时节，家家户户定是储备了不少上等炒青，品的人大加赞赏一番，主人家也正好做以介绍推崇，这茶是茶镇他二姑外婆的三姨的表叔家的几兄弟送来的头道茶，老家人攀亲扯友的习惯由来已久，听人介绍某某亲戚，多半是八竿九竿打不着的来路，你也别往心里记，多了会把你绕到后山转不回来，只需弄明白这茶是打哪儿来的就可以了。

喝茶的人就这样一拨一茬的，一壶淡了，再泡上一壶新的。如是这样，茶由浓变淡了，人情却渐渐浓烈起来。直到后来，依依不舍地起身告辞，并相约下次继续。这一来一往，一请一让，已过大半时日，许多空闲时光就这么打发过去了。老家的人情就在茶水中走动往来，几代人、几十代人，你来我往，直到现在。

外婆娘家是开茶馆的，祖传几代，因为茶馆地处中街，逢集有会，就必定大开铺门，招呼来往茶客进店落座。喝茶的人除了吃茶聊天，还三三两两地甩上几把叶子牌，或是扯扯大戏，聊聊东家媳妇偷汉子，西家老头儿偷看了邻家女人的光腚儿……啥不能在人前说的就说啥，是是非非，扯不尽的闲言碎语，伴着杯杯茶盏抖搂。舅婆家在三天一次的集市上，总能卖出去几十碗茶，从老早的几分钱一碗涨到后来的一毛一碗，慢慢地支撑起了家里的日常开销。

受家人的影响，不喝茶由不得我，走哪儿都不由自主地来一杯清香绿茶，在茶香中体会老家的乡土情结，有雅有俗，慢慢也就习惯于喝茶了。虽然并不懂得品，但却数次沉醉留恋于飘荡不息的香气之中。

懂得了老家仙毫的淡香，也就不再盲目地狂饮，学会了喝茶时的吝啬。也渐渐知道了一些茶的门道，或者辨识茶色、冲泡的常理，但真要花些时间尝尝功夫茶，用上等茶具就没那么讲究了，时间场合都不对路，毕竟只是喝茶而已。

老家的茶香，外婆家的茶铺，老家人对茶的执念，那茶香的感觉一直陪我多年。舅爷去世后，舅婆接过手继续经营茶铺，直到我离开老家后，店里人气依然很旺。后来的数年间，大姨和爸每年都会捎上两三斤仙毫给我，我喝茶口感一直偏淡，不太习惯饮用老家炒青的重口味。十二年前，陕南有了茶叶节，后来还开了樱桃节、油菜花节，南来北往的外地人匆忙间，为的是一品老家清明节前的新茶，让那一缕芳香留存心间。

时光背影

求 佛

曾经去过峨眉、五台，虽只是去看景，没曾想过拜谒求佛，却因家中小事有过求佛之经历。

之一　特殊的雨天

有一天正好是2010年10月10日，被喜欢数字的人们称为"三连十"。小妹来电话让给她朋友买两件翠玉挂件，三天后托朋友来取。

买几个倒不是大事，小妹需要就必须去办，而且要努力办好。尽管我非常不情愿和商人打交道，但为了给小妹买东西不得已而为之。

在个人字典里，总觉得多数商人奸滑无比，长着十二分好使的脑子，除了自己谁都是他们赚钱的对象，势利而圆滑，见钱便认不得人，嬉笑之间掏人腰包于无形。善哉，善哉，因为我曾多次被商人宰杀。

所幸他们不算英雄，否则满世界都是曹操似的奸雄了。

我最终还是让妻子直接去找批发商精心挑选了三款A货，至少不要上太大的当。东西拿回来了，小妹说先想办法开个光，再带回老家去。

博物馆存有佛祖释迦牟尼的真身头骨舍利，本是一个开光的好场所，但没有大师做加持仪式，这光便是不能开了。

朋友听说了这事，就联系了广仁寺，这是省内唯一的一座藏传佛教喇嘛寺，意思想请监院大师给专门开个光。我吓了一跳，用不着闹这么大动静吧，只是给几件玉器开个光而已。何况大师一般不随意给什么人开光的，多数寺院设有专门的开光处。

后来我还是去了，朋友的朋友，都是朋友，话说到了，尊重他人也算给自己留足面子，做人理应如此。

打开历史上记忆里的一些10月10日，着实让人头晕：公元前638年宋楚大战于泓水河南柘城北；1841年（清道光二十一年）侵华英军进攻镇海，总兵谢朝恩中炮殉难，两江总督裕谦城陷后投水自尽；1868年古巴开始反对西班牙统治的"十年战争"；1913年巴拿马运河正式开通，被誉为世界七大工程奇迹之一；1919年孙中山将中华革命党改组为中国国民党；1934年中央红军开始长征；1938年八女投江；1945年国共双方签署《政府与中共代表会谈纪要》（即《双十协定》），我难忘课本中的《挥手之间》；1963年意大利的贝卢诺附近的大坝崩溃，一千八百余人被洪水淹没；1964年第十八届奥林匹克运动会在日本东京举行；1984年中德联营的大众汽车公司成立；1992年"天书"敦煌曲谱被破译。

另有许多名人出生于10月10日：1731年英国科学家卡文迪许，1895年我国著名作家林语堂，1896年我国现代著名诗人萧三，1942年"为人民服务"的张思德，1963年香港著名歌手、演员、有"百变天后"之称的梅艳芳，1971年当代著名钢琴家、俄罗斯人叶甫格尼·基辛以及网易公司创始人丁磊。

还有诸多名人在这一天离开了我们：1837年傅立叶在巴黎逝世，1980年著名电影艺术家赵丹逝世，1992年著名书法家沙孟海逝世，

2004年《超人》主演克里斯托夫·里夫逝世……

10月10日还是"世界精神卫生日"！10月10日竟然这么不平凡。

外面的雨下得很大，电脑上显示出两千多对新人在这一天登记结婚……

楼下的鞭炮声不绝于耳，我和妻子拿上雨伞，开始了雨中求佛的一天。

之二　走进邻家

说出来人们大多不信，我所当差之处距广仁寺仅七八百米，到此间已五年之久，但只是耳闻，尚不曾目睹其风采。留下的只是对佛教藏传文化之敬重。

小时候看过的电影《农奴》至今印象尤深，对强巴同情之余，活佛、喇嘛给我的感觉是深不可测，远不可及。

走进寺内，终于看到了邻家佛地的真实模样。

广仁寺坐落于玉祥门里西北角，西北一路走到尽头左拐便可到广仁寺大门，是陕西唯一的喇嘛寺。

康熙四十二年（1703年），清圣祖玄烨从保卫巩固边疆安全大局出发，有意将陕西建设成大清帝国经营西北、西南蒙藏地区的军事堡垒和大本营，于十月十二日至二十五日巡视陕西，祭祀山川、皇陵，奖学兴贤，优抚赈灾，广收民望。同时还检阅驻军和奖励军功，接见并封赐青海等地诸部蒙古首领等，一再强调其"存心天下，眷顾西陲"的用心以及"惟兹关陇之区，实切封疆之重"的观点。为此，除了从政治、经济、军事等方面采取多项积极措施保证其安全战略的实施之外，康熙皇帝还从"因俗宜民"的方针出发，于"阅武之顷"，亲自"周览"西安城内地形，并选择了一块爽垲的高地，然后下敕由朝廷拨款，在此修建一座佛寺，使之成为像灵鹫山一样的灵山圣境、香城净土，借以吸引"五陵六郡之众"和"外藩属国"，从而达到"助王化""锡民庥"，使边疆乃至整个国家"长治久安"的目的。经过一整年的紧张施工，寺院终于落成，康熙皇帝赐名为广仁寺，同时又为之亲书"慈云西荫"横匾和撰写《御制广仁寺碑铭》。寺名、匾额和碑铭真迹成了康熙皇帝给广仁寺的"三大御赐品"。

继康熙之后，传说乾隆皇帝亦曾幸临广仁寺，并御题"佛教圣地"匾额赐之。光绪二十六年（1900年），八国联军进攻北京，慈禧太后挟光绪皇帝逃至西安，史称"庚子西狩"，期间亦曾幸临广仁寺，并题"法相庄严"匾额。此外还赐予楠木宫灯数对。1923年，康有为在西安讲学期间，曾到广仁寺参礼游观，并题"庄严佛土"匾额。据说，章嘉活佛、九世班禅以及梁启超、程潜也曾为寺院题匾留念。

辛亥革命期间的战火及1931年城墙所藏炸药的意外爆炸曾使寺宇稍受毁损，随即很快修复。直至20世纪60年代初，寺宇及庄严像设仍保持完好，堪称西安当时的佛寺之最。寺内供奉、保存的主要佛像有唐代的铜绿度母像一尊、木雕一髻天母像一尊、木雕巨光天母像一尊、木雕阿弥陀佛像一尊、明代木雕阿弥陀佛像一尊，此外还有诸多西藏所造的佛像，有印度造铜释迦牟尼像一尊；佛教经典有藏文《甘珠尔》大藏经一部（107包），汉文明版龙藏一部6770卷。

1978年以后，随着改革开放的不断深入和宗教政策的逐步落实，广仁寺的历史又翻开了新的一页，寺宇、院庭经过全面整修，面貌焕然一新。2004年，寺院通过选举产生"广仁寺管理委员会"，由仁钦扎木苏金刚上师出任管理委员会主任。从这一年开始，管委会即着手筹划、实施建造千佛殿的工作。千佛殿即原来的藏经殿，供奉的主尊为黄教格鲁派的创始人宗喀巴大师。

进入广仁寺山门，可见天王殿（千手观音殿）、主殿、千佛殿、经堂等殿堂，两侧有鼓楼、钟楼、长寿殿、护法金刚殿、财神殿。殿堂画栋雕梁，十分富丽。院内苍松翠柏，花草葱茏，十分清幽宜人。全寺占地面积约16亩，布局错落有致，以玲珑精巧见长，是一座具有汉族地区寺院建筑特色的喇嘛教寺庙。但寺内供奉的佛像、所藏经典、僧众修持都依承藏传佛教。

寺院建筑有：寺前广场，停车场，藏传佛教旗杆，佛祖八宝塔，山门，十八罗汉影壁，净身阁（洗手间），法物流通处，康熙碑亭，放生池，鼓楼，钟楼，天王殿（千手观音殿），地宫，万年灯亭（长明灯），长寿殿，护法金刚殿，主殿，接待室，财神殿，千佛殿，开光处，经堂，大雄宝殿。广仁寺藏经甚丰。有明正统五年（1440年）刊刻、清康熙四十五年（1706年）又续刻刊印的《大藏经》一部，这部藏经为梵本，纸质光洁、书体严整，卷首刻有精美的线刻佛画。每十卷为一函，共677函，6770卷。每函又按千字文标明序列，用黄色包袱包裹，十分整齐。寺内还珍藏一部北京版的藏文《大藏经》，康熙三十九年所赐，共107包，为甘珠尔类（佛部），收入律、经、密咒三部分。有目录（汉、藏、满、蒙四种文字并列）、密部、大般若、二万五千颂、万八千颂、诸般若、宝释部、华严部、诸品经、律部和八千颂等内容。该版藏经是清王室宫本，刻造、装帧颇为精良，版型较一般藏文经大，每册扉画均为手工绘制，笔触细腻，大多出自藏、蒙古族名僧中画家手笔，极为珍贵。

这便是广仁寺，除却耳闻，亲眼目睹，寺院规模不大，算不上气势宏伟，但让我叹服，好一个佛门净地！

雨过天晴的时候，感觉真的不错。

听了，看了，问了，记了个大概，这便是陕西唯一的喇嘛寺——广仁寺。

之三　开　光

开光，又称开光明、开眼、开明，就是新佛像、佛画完成想置于佛殿、佛室时，所举行替佛开眼的仪式。《禅林象器》上说："凡新造佛祖神天像者，诸宗师家，立地数语，作笔点势，直点开他金刚正眼，此为开眼佛事，又名开水明。"在佛教中，经过开光的佛像具有宗教意义上的神圣性，受到佛教徒的顶礼膜拜。佛教中任何仪式都具有一定的表法意义，开光也不例外。我们众生从无始以来，受到无明尘垢的污染，而不能彻见诸法的真理，所以需要开发我们内具的智慧。如神秀禅师说："身是菩提树，心如明镜台，时时勤拂拭，勿使惹尘埃。"

我们没进大殿，直接到了大师父的禅房。这是一间两居室的里外套间，禅房内饰比较简单，但里外都供奉着诸多佛像，我却不能叫上佛号尊称，西边供奉有班禅大师在某处的合影照片。除了佛，还是佛，别的几乎没有什么，金的色泽闪耀夺目。

朋友向大师说明来意，大师没有任何推辞，让小喇嘛送来香蜡。大师上完香，拿出黄布铺垫好，打开挂件盖，摆好位置，手持一对法铃，摆上青稞、佛珠等物，便开始了加持仪式。外间有几个小喇嘛没进来，大概是打坐听师父诵经吧。

大师或念经，或举上额头后向四面撒出青稞，或有节奏地摇动法铃，或是手持佛珠默诵，期间又拿出一本经来，加入仪式，一页页翻着念叨完毕。

其中反复八九次，我静静地坐着守候，陪着大师享受那份自然、笃定。

一个多小时后，加持仪式结束。朋友双手合十，念着阿弥陀佛，并把双手举在额头，捧回挂件，交给我的妻子。

也许我是第一次经历吧，印象很深，好奇又有些不知应该做什么，又怕做错，所以不敢乱动。

我对佛的概念是：不懂，不信，不传，亦不能欺。

我崇尚其与人为善的教导和久远凝重的佛缘。

倘若世人皆如此，那该多好，何来贪念，又何来利欲之忧……

走进乡镇那条路

一个很小的世界，没有高速那样的宽阔流畅，也不像国、省道那样交错密布，但悄然间却把千年古都的文化、经济、工商、贸易辐射到城区周边的千家万户，凭的是什么？

唯一的答案就是——依靠各区县村镇公路的连接。

目前，西安市共有农村公路11000多公里，包括县乡公路1500公里和通村水泥路6000公里。其中穿越村镇或小城镇的县乡公路98公里，二级以上公路21公里。

关中环线的9月，子午镇外热闹非凡。洪峰副省长，西安市孙清云书记、陈宝根市长等领导出席仪式并宣布启动西安市二级公路网化工程。

西安市农村公路的建设历史翻开了新的一页。

四年前，我曾和几名统计人员对全市10个区（县）53个乡镇的过村镇公路进行过专项调查。

让我们来看看调查的结果。从村镇公路的路网结构来看，国省道纵横分布，多向辐射。据调查：国道108穿越及连接乡镇或村镇45处、国道210经过乡镇或村镇49处、国道310穿越乡镇10处；省道101有43处穿越村镇、省道107有87处与乡镇或村镇相连；代养县级公路县道104有8处、县道201有5处分别与村镇连接或穿越乡镇。

从村镇公路和道路类别来看全市过村镇公路点。调查显示：经过各乡镇主街的县级公路里程总数有54.85公里，乡道有37.6公里。其中一级路面县道有2.4公里，乡道有0.2公里；二级公路县道21.2公里，乡道5.8公里；三级公路县道16公里，乡道13.8公里；四级路面县道13.9公里，乡道12.7公里。

从村镇公路路面等级来看，路况复杂。调查显示：穿越各个小城镇的县乡公路总长有98.18公里，其路质、路面情况差异较大。其中达到8米到24米宽的水泥路25.6公里，占小城镇公路总里程的26%；达到6米宽度的沙石路有4.68公里，占城镇公路总里程的4.7%。

四年之久，这些村镇公路会怎么样呢？

在一次年终工作总结汇报会上，一位交通系统的领导提出，我们在全省应该走在前列，但是我们在西北地区，能领先吗？在全国呢？我们能不能在陕西建设一个一流的农村公路示范区？说者是经过深思熟虑的，听者却只当是一种规划和构想。2009年，全国农村公路现场会在西安隆重召开，实现了"一流梦"的古城人这才真正地明白了，这不是梦想，是现实。

回顾几年的历程，古城小城镇公路网的规划，确实有自己的独到之处。以路为网络骨架，因地制宜、突出科学性、前瞻性、连续性和长期性，集中人力、物力、财力解决。以小城镇公路的发展带动区域工业、商业贸易及服务业的发展，开拓了新的市场。

为解决村镇公路的排水、垃圾清理等老大难问题，先后对50个重点小城镇投资550万元，全部用于排水管道工程建设，根据各城镇街道现有排水设施的现状，采用矩形水泥混凝土水沟，使小城镇公路交通的瓶颈问题有了新的突破。

为提高村镇公路的品位，他们突出区域特色，形成市场化，一村一品。以交通部门大投资，地方政府小投入的方式，提高小城镇公路交通建设的服务水平。

时隔四年，这些变化只有看到才能有所体会，真正叫好的应该是沿线农民。

2010年，又是一个不平凡的年头，世博会、亚运会的召开，无不牵动人心，让世人瞩目。

新启动的二级公路网化工程，全长644公里，总投资57亿元，"三横三纵三辐射"（含三座渭河大桥），九个项目正在紧锣密鼓地展开。示范区、经开区、工业园、产业园都将在二级标准的村镇公路上大放异彩！

2010年，金秋硕果送给古城人民，百万群众品味村镇公路带来的幸福和甜美。

放线、清点、丈量、征迁、施工队伍进驻。走过、干过、看过，古城村镇路的2010年，正在火热中腾飞。跨越发展的2010年，百万古城人民期盼着梦想再次实现。

如今网络人士喜欢用"爽"字表示对超美的感受，两年后，沿线农民会用什么样的简洁词语来表达呢？

剪 头

是理发，还是叫剪头，反正我的头发又短了，不知道长这么大，理过多少次发、剪过多少次头。

在老家，都习惯把理发叫剪头。到了头发较长时，老人便催着去理发店，说剪头就是"减愁"。人活得累，头发长了，焦愁就多了，男人应该常剪头，焦愁就少了。于是，剪头就成了老家男人们阶段性的重要事项。

走进兵营以后，就留不得长发，每周一理，会操检查才能过关，渐渐就养成了习惯。三个月后不再是新兵蛋子，半月理一次发，一直到脱下军服，似乎没有什么大的变化。整整过去了二十个年头，数到今日，不知剪了多少回。只是头发月月剪，烦心琐事儿天天有。在剪剪理理的日子里，绕着古城西安转悠了不下十来个圈儿，户县玻璃厂站岗，知道了那儿也有一个小钟楼；永乐店看守泾河大桥，差点没淹死，气得反倒打坏了小偷；草滩养鱼，想不到外国鱼比中国鱼死得快。后来走得远了，头还是照理，发自然还得剪。天天吃辣椒，才知道湖南人有着比常人更可爱的红嘴唇，所以不怕辣。在很长的时间里自己一直不甚习惯，吃得太少，以至于没什么改变。那年冬天，克里木、彭丽媛等总政歌舞团的明星们来政院慰问演出，同学们一起上几个小节目串场，自己虽然也上了舞台，竟然不敢去搂女同学的腰。后

山里山外 散文集

唐毅 Shan li Shan wai

来又有过耍"嘴皮子"的时候，学院让给驻地省（市）工商及金融界的员工们讲讲奉献牺牲的故事，出人意料地发现不管是理过发的还是没剪头的人都掉了眼泪，而且个个哭得像小妮子一般。

从当学生到给身边的人说话、聊天、解疙瘩，又转到兵马俑，和千年古兵一起"革命"，发现他们原来也是要剪头发的。时过境迁，往事重重，虽然不像是讲故事，有一个理儿没有变数，就是我和绝大多数男人一样，都要理发，理了要长，长了要理，头发的根很深，会转圈的。当然，虽是常理发，却也有长长发的时候，起码也有两三月不能剪头的例外，"西合光缆"工程，挖烂了手脚，却长起了满头长发；护城河的泥，特臭！天天泡在黑泥里，累得人站着都打瞌睡，已然想不起剪头这等小事儿，头发自然也就没的人给剪了。

回想这理理剪剪的时段，没有精彩外壳，只有烦忧常在，从宝鸡陈仓区折腾到华清池岸竟然碰上了两次军队的编制调整。仔细思量，可能是我的头发剪得不够短，理得不够多，所以才碰上这些颇烦事儿吧！还是老人们讲的理儿深刻，只是我们年轻人没有理会，以至于有了这许许多多的闹心之处。

如今，曾经养育过我的两位老人先后离开了人世，身边没有了人再告诫我要剪头、免生焦愁的理儿。每逢头发一长，自然又想到了剪头，一剪头，就想到了"减愁"。

晃晃悠悠，年已四十，又回到了公路上，路边的花草树木，是养还是管，总得要剪，似乎和理发剪头一样，不管忧有多少，愁了几何，总要剪它无数！

山路弯弯

逢弯就急，一路左拐右旋，终于到了山顶，回望山下，倍感惊讶。曾经网传的"最美盘山路"，就在眼前，骊山之巅。

四年前出行到此时，几乎捏着心慢悠悠摇上山顶，虽然只有十来公里山路，车行许久才能到达，坦言说绝对不想再上第二次，弯急，路窄，难会车，这便是那日上山所留记忆。

2011年始，西安市二级网化工程项目将临潼区乡道斜仁路和171专线合并改造，在原路基础上设计加宽修建了这条连接灞桥与临潼的旅游线路，设计等级为二级，路宽8.5米，全长78.799公里。临潼境内22.887公里，起点仁宗街办红土湾，止曲江大环线，途经仁宗、骊山、斜口三个街道办事处及名胜古迹——仁宗庙。

去年4月，路面及路基主体完工，交由临潼区交通运输局农村公路管理站管理养护。为打造这条旅游线路，提升景区形象，区公路养护单位在盘山道沿线修建了三座观景亭，为过往车辆、行人提供休息、观景场所。

站在观景亭边，眺望山下，城区略显遥远，山脚下的大唐华清城却清晰可见，碧波荡漾的水中央似乎还在演绎《长恨歌》的悲欢离合。"七月七日长生殿，夜半无人私语时。在天愿作比翼鸟，在地愿为连理枝。天长地久有时尽，此恨绵绵无绝期！"盘山大道串引而来的神话和传奇，不由得人不想，不说。

顺道环绕而上便是骊山，关于骊山有两种说法：一说商周时期这里是骊戎国所在地，故名骊山；另一说是因骊山远看形似青马，便由此取名。

行至山顶便是仁宗庙，此处为骊山最高峰。"仁宗"是"人祖"的谐音，最初是称"人祖"或"人种"的，叫转音了，也就有了此名。周围群山环抱，山岭逶迤，地形险要，景色极具魅力。因蜿蜒的八沟九岭形似九条龙，人祖庙正好位于九龙相会之处，所以也有九龙峰之称。

以仁宗庙为中心，向四周辐射形成的众多奇异景观及民间传说无不与人类始祖——伏羲女娲相关联。"伏羲创八卦""女娲补天""女娲抟土造人""女娲伏羲人面蛇身"等传说，周围亦能找到映证之处，这些来自大自然鬼斧神工的妙笔，使得仁宗山更为神秘。

相传太古之时，洪水漫天，生灵遭难，世间只剩下伏羲氏和女娲氏兄妹二人，他俩为了繁衍后代，向天祷告，愿结为夫妻。两人商议好将两扇石磨的一扇各自从骊山顶滚下沟去，若天作之合，磨扇合即结为夫妻，如天不允，磨扇不合，即不成婚。结果两扇磨巧合了，于是兄妹成了婚，生下了子子孙孙，从此繁衍了人类。如今每逢庙会，方圆百里的人们都会赶来，人山人海，热闹非凡，亦有许多年轻夫妻来此祭拜求子。

在秦代，人祖庙叫作"始皇祠"。汉代，此庙又称作"汉露台"。唐代，人祖庙则被称作"大地婆父祠"。明清年间恢复原称"人祖庙"，古匾至今犹存。

盘山路绕行而过的骊山景区，更有诸多传说的古迹烙印。

关于女娲补天。相传，天地混沌初开之时，火神祝融与水神共工起了纷争，大打出手，撞到了撑天的不周山，顿时天崩地陷，洪水肆虐，山林起火，龙蛇猛兽出没人间，人类面 临大灾难。

女娲心痛不已，她采来了东海之水，捡来了五色石子，熔化成浆来补天。首先补好了天，接着又用同样的方法，在正月二十日这天补好了地。女娲补好天地后又斩擒龙蛇，堵住洪水，终于使天地恢复了往日的生机，但炼石的火堆却无法熄灭，女娲用了很多办法却失败了。

后来女娲的坐骑骊马纵力一跳，扑在火堆上，火终于熄灭了，但那匹骏马却再也没有站起来，渐渐化成一座山，这就是骊山。

遇仙桥。以往登骊山从未关注过它，不想随意打探，也有着离奇之说。相传明朝临潼新丰有一名书生叫周道直，人称周生。周生为了安心苦读，在骊山石瓮谷二天门处租了间房住。一晚，风清月明，他正在月下散步，见一行六人从石瓮谷的桥上走过，忽然想起听人说过这里常有八仙游历，于是便急忙跪在桥头求仙人指教。这些人对他并不理睬，只听见有人说："广寒宫中一枝梅。"他不知何意，只暗暗记在心里。一会儿又有两人走过，一人说了两句话："狮子狗娃来暖脚。""人头果，醋点睛。"说完就没了踪影。

这年秋试，周生果然金榜题名。后来，皇帝招前十名进士殿试，轮到他时，皇帝朝宫外雪地一看，信口说"炎帝台前三尺雪"，让他对下联。他想起八仙说的头一句话"广寒宫里一枝梅"，对了下联。这正宫娘娘的小名就叫梅花，皇帝、娘娘听了非常高兴，就点了周生为状元，官封翰林院学士。

有一次，周翰林出使寒冷的北国，在宴席上国王指着脚边一个四不像的怪兽说："请问先生，这是什么东西？"周翰林猛然想起来八仙说的"狮子狗娃来暖脚"，于是说是暖脚兽，国王听罢暗自佩服周翰林博学多才。

后来，周翰林又出使安南国，国王设宴请他，他朝席面一看，只

山里山外

唐毅 Shan li Shan wai

散文集

73

见摆满了各式各样的人头样的菜品，不知如何下箸，这是安南国国王在捉弄他。周翰林又想起仙人说过"人头果，醋点睛"，便手执醋瓶向人头果一点，"哗啦"一声，人头果全绽开了，变成了各式各样的美味佳肴。

安南国国王见识破了他的机关，对大明使者更加敬重，还写了一封非常恭敬的信给皇帝。皇帝自然高兴，重重奖赏了周生，还给他加了官。周生感念八仙的指点，于是在石瓮谷重修了这座桥，起名遇仙桥。

秦始皇戏神女。相传秦始皇有一日游历骊山，遇见一位美貌的女子，心生歹意。女子愤怒地向秦始皇脸上啐了一口唾沫，秦始皇一下子生了满脸疮，后悔不已，于是虔诚地向仙女认错，仙女指点他用骊山的温泉水洗脸，果然立即见效。骊山温泉水的美名从此流传至今。

鸡上架的传说。从石瓮谷向南转，西经火神庙，攀登西绣岭，突然眼前有一处悬崖陡壁横挡旅途，势如华山之险，形似鸡上架。相传古代这里有只金光灿烂的雄鸡，高冠健腿，火眼金睛，每当东方欲晓，它便在骊山北麓引吭高歌，准时报晓，周围村庄的人闻鸡起舞，都按时起床，各忙其事。

这只鸡世世代代，年年月月，每天不停地昂头翘尾地叫，这里的人们作息规律、勤劳耕作、生活富裕。可是到了明末清初，这只鸡被西土喇嘛盗走，至今下落不明，只留下了山石嶙峋的鸡上架。"鸡上架"地形险要，游人行此常常心惊胆战。

拧拧柏。相传很久以前有一位老者赶着毛驴经过骊山，当时天气炎热，道路弯弯曲曲，十分难走，他实在累极了，看到这里有片柏树林，就找了块比较平坦的地方，拴好驴，恰好路旁有个石臼窝，他便从褡裢里掏了豆子放进石臼窝里喂驴。

老者太累了，一坐下竟靠着柏树睡着了。等醒过来睁开眼一看，嘿，真奇怪！毛驴吃了个肚儿圆，可那石臼窝里的豆子仍然是满满的。想来想去，明白了，这石臼窝肯定是件宝贝。不妨做个记号记住，于是便把旁边的一株小柏树用力一拧，拧成了麻花形状后，想等返回时再把这宝贝带回去。

可当这位老者赶完了集，正急匆匆乐滋滋地赶到这片树林时，他一下子傻眼了，整片树林的树身都拧成了麻花状，成了一片"拧拧柏"，那个取不尽，吃不完豆子的宝贝石臼窝怎么也找不到了。

站在休息亭边向东北方观望，跃入眼帘的便是西绣岭的老母殿，殿前有棵千年古皂角树。因树身隐约可见五官齐全、肥头大耳、龇牙咧嘴活灵活现的猪头，人们都叫它"猪八戒"，也有人叫"黑煞神"。凡来骊山游览者，莫不慕名寻趣至此，赏此奇景者笑乐而忘返。

下山返程走完盘山路，便是人人熟知的华清池。华清宫，风景秀丽，周幽王在此建骊宫，秦始皇时改为"骊山汤"，汉武帝时扩建为离宫，唐太宗营建宫殿取名"汤泉宫"，唐玄宗再次扩建取名华清宫，因以温泉为特征，又称华清池，其南依骊山，北临渭水，以温泉汤池著称。只因有此，周、秦、汉、隋、唐历代统治者，都视为风水宝地，为自己游宴享乐，或砌石起宇，兴建骊山汤；或周筑罗城，大兴温泉宫。

盘山路绵延在名山古迹之间，上有仁宗，下有温泉，环山而上，千年文化和古迹遗风饱览无遗。占尽天时地利的优越，创造人文美景，赏心悦目，行走其间，有时真觉得它是景非景，是路非路，天造地合。虽然地处家门口，也难得多见，所以有一些真实的感动，网传之美并非虚言！当然，换个角度思量，如此盘旋曲折之路或有更多，更美！繁杂的人生世界，此处若无路，必在他处寻！但若选择了，身入其境又会怎样呢？只缘身在此山中罢了。

山　缘

　　人都说，近水楼台先得月。自小到大，一直与山为伍的我，因山平添了许多无奈，也得到了些许乐趣。

　　比如晕山。陕南的老家到处是山，本人就出生在山里，长在山下。外婆家的屋后就是一座很大的山峁。周末或者午后我经常上山放羊、砍柴，曾经因为偷懒把羊拴在树上，躲到别处睡觉，不想羊东窜西跑，被绳索绕在树上勒死了。类似这些发生在山上的故事是难以忘怀的，诸如钻洞爬树，摘果掏蛋，摔擦磕碰的事儿就不计其数了。应该说，在老家生活的十来年里，与山为伴，熟知山的一切，所以，晕山对我而言实属意外。

　　我的晕山，是因晕车而起，因为不习惯坐车走山路，一进山就头昏脑涨，欲呕不出，欲吐不能，苦不堪言。

　　七年前，我迈进公路行业的门槛。第一次进210国道秦岭山区路段就晕得一塌糊涂，开始月考，去一次晕一次；后来半年、年终去两次，一切照旧。每次直着腰板坐车进去，再躺在车里出山。如今，我是见山就怕，进山便晕，似乎已经患上晕山综合征了。

　　刚离开家时，曾经在西府待过几年，对于大山的感知便多了几分。营院紧邻钓鱼台，往南便是太白山。我们去寻访姜太公垂钓古迹时，不用坐车，跑着去，走着回来，全程只有六里半。每年10月以后我们会集体进驻太白山，两到三周才撤回，在那里便能深度感受大山的刺骨寒冰。户外刚洗漱完的牙具会冻在盆里拿不下来，带水的手不经意间会和碗筷冻结在一起，更为尴尬的是在户外小厕必须连续作业，一次完成，如果中途停止会冻住而不能继续。我们大都经历过这哭笑不得的时候，大山的本色就是这，它的地盘它做主。到了这里才真正理解"太白积雪六月天"应该是会发生的。从此我对大山的神秘和冷酷有了新的体会，大山总是高不可攀、深不可测。

对于高山的感受是因为后来去了华山基地，帮助三分场完成一年一度的夏收和秋收。那时我是文书，周末我们会请假集体外出，连队干部轮流带队。先步行至华山脚下，傍晚登山，次日天明东峰观看日出，午间转至西峰一路踢腾下山，晚饭前再回到农场，这样的行程安排成为我们周末的习惯，一周不登山，浑身就痒痒。第一次下长空栈道时，带队干部是指导员，他竟然紧张地在上面不停地呼喊：你给我回来，危险，别下去！也许是我年龄小，不知山高崖陡的惊险吧。胆大到不听领导的话，强行顺着钢索往下走，直到我从栈道安全返回山顶，他才松下一口气来。这么一上一下登一次华山，一天半的时间过去了，十来岁的身体，虽不强壮，却不知疲劳，前面几次登山累得双腿奇疼，三到五天后才恢复正常。后来无所谓了，上一次山，回去休息调整半天就没事儿了。

都说华山天下第一险，我与它如此突兀地亲近，显得离奇而又平淡。只有到了华山之巅，那种乐趣才能感受出来，攀爬数次的千尺幢、百尺峡、一线天、天梯、长空栈道、斧劈石都让我铭记于心。

后来的落脚点是到了临潼，仍然与山结伴而行。骊山，山不大，名气不小，方圆数十里的人群，对山另有一番热爱，每日早晚，男女老少，成群结伴，相约登山。凡上山者都一路步行，沿石阶而上，过了兵谏亭，有的一路吼戏，或者在空阔处舞几回太极，坐下闲谈小聊，也有年轻者卿卿我我，牵手走过"七夕桥"。外地来的游客尽情探究蒋介石的藏身之谜，或是聆听唐明皇杨贵妃的爱情故事和烽火戏诸侯的典故。所以，一年四季，骊山人集如云，热闹非凡。

偶尔我也陪着妻子和孩子上山走走，素有关中八景之一的晚照亭现今修缮得更加美观，站在这里俯视华清池和九龙湖，清新盎然，眼前的华清胜景让人吃惊，在原遗址上扩建的唐华清宫要比原华清池大四五倍。过了亭子往上走便是老母殿，一些善男信女喜欢在此祭拜，继续往上攀登便到了烽火台。爬到山顶，猛然想起刘禹锡的《陋室铭》："山不在高，有仙则名。"骊山不高，却因几代皇朝和诸多历史名人、事件而美名远扬。

虽然我不能像其他人一样每日早晚登山运动，但隔上半月数日，登山观望城市美景，浏览大唐华清城。在清新自然的空间里，心里没有了任何杂念，顺势梳理一下心境，呼出烦郁，吸点山野新风，颇为自在，没了晕山的顾虑，感悟天地之宽阔，好不惬意。

细细回想我的近山之缘，晕车、登山之感受，不是车快、身疲、心累，也不是贪心仰高所致，或许是对山路行之过少，不知其艰辛，对山之伟大缺乏体会。山路弯多坡陡，奇难高险是常事儿，必须发挥自身能耐，多多感悟山之起伏绵延，细细品味山之伟岸厚重，才不枉与山结缘一生。

车 痕

很早以前，外婆家住在镇子后面，顺河上下，一条不足两米宽的马路，没坡、没坎，河水清清长流不息，这条沙石路经历数年风雨，见证了几十年的车辙印记。

外公辈们行走在外，除了靠腿，比较先进的交通工具是独轮手推车。老家多数人称它叽咕车，叫得久了，有些转音成了"鸡公车"，这种叫法一直延续了下来。该车为纯木材质，车身长约一米有余，车把长约40厘米，车体部分用木板横向钉制而成，车身平整，置放包、袋、箱装物品均可。车底安装一直径60厘米左右的圆形板式单轮，车把靠后端左右各钉一环，左右车把下方各装一固定支架，车把手上方的两环套上绳索，推车时将绳索挂在脖子上。手推向前，挂绳向上使劲儿，车轮负重，力学结构很科学，看似简单，但却省力、轻便、快捷。当然老家人并没有用它去改变历史或者创造辉煌，也没有推着车去支援"淮海战役"。

这种爬行的小木车可以承载100余斤重的东西，而且十之八九的重力由车子负荷，减轻了人肩挑背驮的苦累。逢集赶场，既可以推着东西去买卖，空车返回时还能推着老人或小孩，累了停下来小歇一下，尽管车不便于上山下坡，平路上使用已经很方便省力了。外公和外公的上几代人就在这样的独轮车上推着他们的平凡人生，也推出了儿女

山里山外 散文集

唐毅 Shan li Shan wai

子孙的幸福生活。

此后队上把田地分到各家后的那些年，一些哥哥姐姐、叔叔大婶们不用再天天守在农田里挣工分。春种秋收以外的农闲季节，纷纷离开老家，走进山里收购一些木料、檩子、椽子(土木房建用的材料)、珍稀山货背到镇上卖掉，赚取差价利润，周围的人把他们叫作"二道贩子"。此后，"倒爷"们就用上了架子车，车架还是木质的，车轮却变成了可充气的轱辘，必须要花钱才能买得来。架子车载货重达五六百斤，两人、三人均可操作，早上去晚上回，到家把车轮一卸搁进屋里，车架立起来靠自家外墙上，别人也不会偷了去。

爸没有机会加入"倒爷"的队伍，他参加工作较早，那时还没有人敢干倒买倒卖的事儿。爸说，那年，所有的人正在齐心上下烧着锅炉大炼钢铁，县上煤矿招人，爸因为上过中学，是队里少有的知识分子之一，填了几张表，稀里糊涂地就被招去了，成为队上第一批吃"公粮"的人。那年爸17岁。八年以后，爸骑着一辆明晃晃的脚踏车回到了外婆家的大院，这辆车在对河两岸算第一辆半机械运动的"新生物"。爸说，城里人把这叫自行车。院子里的人都拥着来看车子，你摸一下铃，他转一下踏板，老人们摸着明晃晃的车头和塑料把手，那新奇劲儿真的无法表述。后来，河对岸大院编卖藤条坐椅的马家表叔也推回来了一辆新自行车，这是村里的第二辆自行车。这时已经有人很内行地开始评价了："嘿，还是飞鸽的，28圈，大气啊！铃铛都改成全封闭的了。"

新奇的感觉总会被淡漠所替代，人们不再好奇谁家又买新车子了，河边的路也渐渐变成了大马路。自行车一辆一辆地增多，学骑车的人在生产队的院场里结伴转着圈，后边人扶着货架，边上有人扶着车把，学车者一条腿斜跨在前杠下，踩着踏板蹬半圈，来回重复，车子链条发出卡嗒卡嗒的声响，几个人就这么一会儿叫，一会儿笑，摔倒了再爬起来继续。

光阴闪电般一晃而过。乡间的大路上突然有了两轮摩托，建设50、重庆80、嘉陵125、幸福250……脚一踹，一声吼，唰的一阵风，咚的一声响，摔了！摩托车的时代开始了。于是，自行车、摩托车、电动车替换了人们的双脚，人潮变成了车的海洋。

院子里的人第一次近距离接触小轿车是20世纪80年代末。幺祖爷的孙子考上了省城某名牌大学。县上来了人，黑色的四轮车慢悠悠地开到幺祖爷家门口，对河两院子的人都围了过来，老的、小的、男的、女的，远远地谈论着。有胆大的毛孩子跑到车旁边看看镜子，瞅瞅车窗玻璃，伸手想摸又不敢碰，接着再一溜烟跑回远处，给大人细说自己所见的稀罕。自从县里的那辆小汽车在院子里现身后，不到两月，屠宰匠沙挺远叔叔很快把一辆小车开进了沙家院子，圆不圆，扁不扁的大屁股，深红的颜色很扎眼，几个大人去看了后回来给外婆讲，那叫个夏利，皮实得很。七八万块钱啊，好贵好贵。这辆车开辟了沟里私家车的先河，从此村里人知道了小轿车，出门油门一踩脚一蹬，回家一阵风，坐着舒坦，跑得飞快。

车的印记既像梦，又像雾，也像风，说来就有，说换就变。数年后的今天，也许再也找不到叽咕叽咕乱响的手推车，人们也都不再使用架子车，即使不能家家户户买车、用车，至少出门都坐上了巴士或公交，一样的如风来去。老家的车痕，虽然不像大城市里的地铁、高铁轨道整齐气派，但始终有着与青山绿水相伴，与自然清新拥抱的自在。

九龙湖纪事

又是一个年头的旅游时节，外地的朋友来电明示：想来西安转转，不管我陪不陪，主要想看看兵马俑。问我华清池怎么样，我自然隆重推荐华清池，只是长恨终曲是听不到了。他们欣然同意，我自然也就不亦乐乎。

我曾在骊山脚下度过了二十多个春夏秋冬，这些时光给我留下许多刻骨铭心的记忆，没有什么辉煌，却也真实。早先工作任务不多时，几乎月月都有缘到华清池赏泉、看景、上山。因为总是沉迷老人常讲的烽火戏诸侯、唐玄宗与杨玉环的爱情故事，所以印象中的华清池更像一位婀娜多姿、绰约娉婷的少女楚楚动人。"骊宫高处入青云"，站在骊山上远远望去，新建的姜沟立交桥上尘土依然飞扬，"一骑红尘妃子笑，无人知是荔枝来"，几人欢喜几人愁的影像至今余音袅袅，仿佛让我又闻到了白居易的《长恨歌》在温泉蒸腾中的墨香浓汁之味。

妻曾说，她们小时候爱在池边看景，更爱在九龙舫边遐想，在泉边舞蹈、歌唱。轻拂着低垂入泉的柳丝，撩拨着清冽晶莹的泉水，心底甘甜清爽。后来，我便来了这儿，细细感受，实是别有一番情趣，当我痴痴望着那喷珠吐玉像浪花一般盛开的九股温泉，立时内心有了一种升华，那是美的享受。

女儿大了，也常上骊山，看了九龙舫，走过五间厅，可孩子总找不到什么感觉。我细想之下，也许是因为如今的华清池，已不是那个帝王气、脂粉气厚重的华清池了。虽然亭还是那亭、楼还是那楼、阁还是那阁，但徜徉其中，却难以捕捉到一丝一缕的盛唐气息。叩问那千年柿树，柿树不语；环顾四周，玉环当年天生丽质的颜容和"云鬓花颜金步摇"的一唱三叹早已湮灭在历史的烟云之中。我便对孩子讲："看景要用心去感悟，别勉强，也不要苛求什么。"

这几年，《长恨歌》年年上演，每改一版朋友便叫着去看看，每看一回，总能勾起几番遐想。一曲《长恨歌》在华清池的九龙湖畔久久回荡。长恨歌，长恨歌，长长的歌，远远的恨，久久的痛。九龙湖水静波明、沉静幽美，一幕幕水乳交融的梦幻佳境，此刻也已香消云散。风流皇帝和佳人一见钟情，华清宫里演绎出了一幕千古绝唱。杨玉环柔嫩的肌肤在水雾之中，勾画出震魂摄魄的朦胧之美。当玄宗与杨贵妃欢歌之时，琵琶声声铮响，诉不尽的男欢女爱，情意缠绵、绿树葱茏、红灯高悬，共诉衷肠，对天盟誓，唱响千古之音。梨园春晓，芙蓉丛中，翩翩起舞，醉意中浮想联翩，梦幻如云、飘飘欲仙，格外娇媚！千里单骑送荔枝，道不尽、说不完的恩爱情深。

历史不会重来，刻骨铭心的爱情多数都不能画上它应有的符号。安禄山的兵变，马嵬噩梦，再次留下了抹不去的悲壮和哀思。风去也，云散也，骊山脚下，唯有贵妃倩影，仿佛依然在唱："七月七日长生殿，夜半无人私语时，在天愿作比翼鸟，在地愿为连理枝！"

即使画家，也无法用画笔勾勒、描绘、渲染出华清山水的真实和美好。若是诗人，也无法用生动美妙的语言去描写、去赞誉它！纵然是摄影师，也无法用快门儿来记录下美好的景致。但这份厚重、淳朴让我感受至深，那山水间的情丝让我留恋一生。

鸣 雁

鸣雁是人名，本姓姚，在蓝田公路段某养护公司工作。他曾经是一名普通士兵，1985年从部队复员后成为一名养路工。从此，与路为伴，养路、护路二十余载，空闲时候，背着相机，拿上画笔，挥毫泼墨。

1980年秋，蓝田灞源街道，锣鼓喧天，鞭炮齐鸣，鸣雁和本镇的十余名小伙子胸戴大红花，走进了军营。戈壁滩的某守备部队成为他实现梦想的第二故乡。军人俱乐部是他的主要工作点，除三点一线，直线加方块的生活以外，他的大部分工作是用刻纸刀、排刷，刻写出不同字体的横幅和标语悬挂于大礼堂、俱乐部等显眼位置。每到这时他感到相当的满足和自豪，激动时会对着家乡的方向吼上几句不着调儿的秦腔。这一个个泡沫字、纸刻字成就了他在绿色方阵中的爱好和诉求。

在没有电脑刻绘、写真喷绘等技术的手工制作时代，鸣雁就这样用刀片和画笔刻绘着青春，让梦想飘散在"风吹石头跑"的大漠。没想到的是他很快从战友中脱颖而出，成为佼佼者，先后为部队培养出100多名板报员，书法、绘画骨干，被评为"军地两用人才标兵"。茫茫戈壁激发了他的创作热情和灵感，《边防战士爱红柳》《家乡喜讯到军营》等绘画作品创作完成，这是他的处女作，被选送到了守备一师、宁夏军区展览。

从那以后，鸣雁慢慢走进了书法和绘画的圈子。四年后，部队整编，撤销了守备部队，他复员回到了蓝田县的老家，进入县公路段工作。从此，与公路结下了不解之缘，路也就成为他新的艺术起点。

　　道班，是公路行业的一线基本工作单元。也就是在这里，鸣雁用他的画笔、书法，为全段12个道班和一个修理班撰写了正、草、隶、篆不同字体的光荣榜、展板、制度标志牌等，累计达40余万字。这在二十多年前，需要全手工抄写。为了保持一年半载不掉色，采用广告颜料或油漆原料，一块、两块、几百块图板，一写就是大半年，他就这样用自己的辛苦来记载公路人的苦辣酸甜和荣誉成就。二十多年间，公路段、道班、养护中心、项目工地，几乎变成了他的写生夹，走到哪里，便留下他写写画画的印记。后来我们谈起这些，他却是另一番感慨：虽然没有一分一厘的回馈，他从不后悔，因为他爱！爱写字，爱画画，他更爱路。

　　鸣雁的书柜里，积累保存着300余幅公路通讯、新闻报道和美术作品。《中国交通报》《中国公路》《人民公路报》《陕西交通报》先后刊用过其中的部分作品。1997年，他的书法作品《岳阳楼记》参加了全国公路职工书画展览并被收入专集；2011年，国画《龙腾盛世》在西安市交通书画摄影赛中获奖；2012年，国画《秋染农家》入选省美协展览，多幅作品参加了行业和县级展览。

　　公路，已逐步成为社会公众产品，社会对公路的要求不再是数量和距离，而赋予它了更多的内涵。作为一名书法绘画爱好者，身处公路行业，不落后于时代，鸣雁调整自己的追求目标，入铜川、进宝鸡、下汉中、跑安康，学习借鉴兄弟单位拓展公路文化的新理念。从2004年开始，在蓝田公路段辖养的312国道、107省道、101省道等路段，他利用自然资源的石头、山路造型、花草、树木，构筑公路文化的新阵地。在108省道的绿化林带中，他巧妙地将废弃的石头摆放于草坪，用油漆写上爱路护路的标语……陡然的几个字和别具一格的造型，加上小石子点缀的图案，配以绿色植草，展现出路与自然的和谐、美丽。几年来，他为山区公路书写名言警句、诗词标语百余处，设计人文小景观造型数十处，为道班和同事撰写对联、绘画百余幅。有外界朋友问他这样做值不，他的回答是：咱是蓝田人，这是咱的路，为了公路段，有啥值不值的，只要能用上，大家说好，就行了！

如今的鸣雁，依然是一名养路工，名不见经传，虽然他的一些书法绘画作品也参加过省、市及行业内外的各类展览，还身兼蓝田县美协、摄影家协会副主席，王维书画院副院长，但他并不热衷追捧这些名分，只是默默地坚持写字、作画。

是的，鸣雁很普通！因为他只是一名养路工，但他却有着不同于常人的"精、气、神"，如一只大雁，自由飞翔。

难兄难弟

题记： 几经风雨，路上曾留下诸多陈年往事，虽无多少感动之处，也无可说之必要。因为多数人只管走自己的路，让别人去修。也许有人看过，听过，说过。但真正只有修路的人，才会记得秦岭山的那条路！

老刘和老李都是段长，一个管辖108国道的秦岭山区路，一个养护210国道的秦岭山区路。因此，同事们常说两个段长，山大王一对。又说他俩见不得，离不得。还说两人关系很铁，住店要同居，吃饭要同桌。两天不见，就十分想念。见面先吵架，回回闹翻天，二十多年如一日，没完没了。

老刘常说老李在路上像酒店卖菜做饭的，老李急了，说老刘像挖煤烧炭的。老刘一翻眼：狗屁，行外人贬咱公路人，他们知道什么叫铺路石？

两人放声大笑："人啊，走一辈子路，却不认得路。"

时日久了，单位上下共知：一对活宝，修桥养路，难兄难弟。

山里的6月，河风沿着山道吹下，透着一丝清凉，210国道秦岭山区段的最后一批通县油路工程已接近尾声。

傍晚，工地上的施工人员已慢慢散去。两小时前摊铺过的路面还没完全冷却，沥青蒸发起来的热浪几乎让人透不过气来。

看着昏灰色的天幕，担心头顶那张灰锅盖随时会塌下来。风停了，初夏时节少有的那种沉闷逼了过来。

那天的活儿干完了，工人们便收拾东西回到关石招待所。老刘等着散去队伍走远，走到水桶边，舀起一大碗凉水，灌进嘴里，慢慢走进段上那辆老捷达，车慢慢地拐上了去料厂的便道。

夜很静，河道里没有了往常呼啸不止的喧嚣，少有的安静气氛，反而让值班师傅睡不着了，他拿起电筒照着几米外的压路机后，扯开薄被盖住肚皮，慢慢入睡。

噼，咔嚓，咯嚓……几声响雷震得山抖了起来，突如其来的暴雨涌了下来，弥漫了山间，河道里的石头发出轰隆轰隆的碰撞声响，混杂在狂泻而下的暴雨中。

怎么回事？工棚里的人陆续跑了出来，操作师来不及拿手电筒，摸索着钻进了压路机。其余的人纷纷摸着向山上爬去，雨声压过了所有的叫喊，疯狂的雨、暴涨的河水向前猛冲过去……

清晨，大地恢复了宁静，河道和路连成了一片，老刘和几个人站在高处的石头上，看着汹涌奔流的山洪，他想吼，也想骂。

路已经没有了，路面和山石混杂在一起，210国道一夜之间面目全非，多处路基、挡墙冲进了河道，两台压路机已经被卷入了河流，不见踪影。

天，依然一片昏暗，风比夜间下雨时小多了，但仍然肆无忌惮地呼叫着，洪水带着泥沙、树枝、石头在河道里发出轰轰声响，疯狂地向山下扑去。

路边的山上，橘红色的衣帽如星星点点般在山石、河道、树林间攀爬移动，工人互相叫着名字，喊着，机械队也忙着收拢机械，清点设备。

刘段长看着这场面，心里扭得疼，山区路遇到这样大的水，自己从19岁干上养路工，打死也没见过，做梦更没想到。

前面传话上来，局里领导上来了，还有武警、公安，30多个突击队，装载机、挖掘机、运输车辆和3000多名抢险人员将陆续到达。有一半去了108老李那边，刘段长的眼眶一热，骂起了老李，该不会淹死了这家伙。

兄弟到底是兄弟，危急时刻总能想起他。

15个小时后，接到通报，朱雀森林公园到210国道附近15公里的县乡公路上被困40多辆车找到了，上级派人送去了2000公斤食物和10000多条编织袋。

没白没黑地折腾了近十天时间，老刘领着他那八九号人打风钻、放炮，劈开了松树嘴的那半边山。不知谁出的点子，等到老刘想起来时，山上已经多了十几面抢险大旗。

7月的天气，骄阳似火，老刘带着他的人马架桥、打桩、垒沙袋。

那天，老李来看他，老刘激动得要死，拉着老李不放手，我得再要一个儿子，叫刘抢修。老李骂，神到家了你，弟妹要答应我跟你姓。老刘说：那是女人的事儿，我愿意就行。

老李要走时，老刘冲着车大喊：把你那周城路的石头片片子弄结实了，别老往黑河掉。

老李第二天打电话过来：别以为就你老刘行，我也要再生一个儿子，取名李水辉。老刘差点气歪脖子："有病，辉你个头。"

8月的秦岭，秋雨的呼啸已让人寒战不断，车辆穿梭、机器马达声，轰轰的开山放炮声，抬石头的号子声，线状的橘黄点缀着蜿蜒的210国道，一路向前。

山下的人上来一批又一批，男主外，整装备、查路基、修路沿、清边坡。女的进帐篷，烧开水、洗衣服、送饭做菜，各自管着自己的半边天。

10月，山上的人撤下来了，210国道恢复了原样。秦岭南北，山里山外，车来车往，依然如故，没有人再想起那年的洪水。

从那以后，再没见过老刘，有人说他回了老家。

一周后，局长把老李叫进了办公室，给了他一张老刘的黑白放大照片，镜框外面挂着黑纱。

纽扣风波

　　妻子和孩子吵架了，闹得很凶，持续两周后母女俩才搭嘴说话。原因很简单，孩子穿衣服，一直不扣上面的两个扣子。妻说不好看，要纠正，可孩子照旧。第二天，妻严厉纠正，孩子无动于衷。第三天，妻大怒，家里如同刮起了强旋风。妻是风，孩子是风眼。

　　妻的理由很充分，女孩儿要庄重、严肃才不失体面，这样才显得清纯大方，不扣上面的扣子半露前胸，有失文雅，不符合学生身份，也有损形象。

　　孩子的辩解毫不含糊。爸妈太传统，现在的穿衣打扮都很随便，要的就是怪异，不对称、混搭、非主流你们懂吗？解决办法就是你们要视而不见，免得生气，看不惯只能说明你们"OUT"了。我们系不系纽扣，这和淑女不淑女没关系，干吗非得你们说了算?！

　　老人们也着急，出于一番好意想化解此事。但面对子女和孙子这两代人显得力不从心，也很无奈，只能劝说孩子要听话，爸妈说得对，别犟，要改。但这一切说辞都徒劳无益，只好把孩子拉到一边劝着让换上别的外套，孩子似乎不领这个情，依然我行我素，什么都白搭。

　　孩子冬夏两季校服全是系扣子的正装，她穿，我们要看，只要孩子敞着大领口一晃悠，妻子便上气了。无休止的争论就这样没完没了，最后大家都不欢而散。

关于这系不系纽扣的事儿便成了一个死结。

妻说，小时候我们哪有穿这些衣服的机会，除非做梦，看着别人穿件衬衣都眼红。家里人后来攒了两个月，省出五六块钱给买件的确良的粉红衬衣，自己和姐轮换穿，除了最上面的一个扣子不扣，其余的每天都扣得整整齐齐的，走出去，到学校都会赢来赞美和羡慕。可现在的孩子系个扣子有那么难么，这是为什么呢？

我理解妻子。我过去很长的时间里对于系好纽扣的问题是非常自觉的，当然是来自于被动的养成和习惯。春秋冬季不用说，火热的夏日大汗淋漓也必须系好每一个纽扣，倘若有敞胸露怀的行为都被视为违反军风纪，走在大街上会被纠察处置并通报；在营区会有很多上司轮番批评；遇到上级检查出现类似情况，那就更惨，后果相当严重，除了写出深刻的书面检讨之外，还有可能去禁闭室待上一两天，叽里呱啦地把相关条令背个滚瓜烂熟才能出来。对于这些，我的感受极为深刻，后来就不自觉地去要求不爱系纽扣的战士，甚至用处分的手段来改变他们的习惯。

想着以前这些只顾着穿衣吃饭的年代，和这个时代孩子的言行、思维，我有些无语。因为不仅仅是穿着上的这点事儿纠结父母，难以摆平，孩子的其他问题也让人苦不堪言。我突然想到很久前讨论不休的"代沟"问题，是这么？但又何至于此。或许是我和妻子太过迂腐，应该顺应孩子们的喜爱，比如偶像、星座、复古，由着他们去酷毙，而我们自己要努力去适应短、露、透的疯狂，否则要真像孩子们说的"OUT"了。

孩子最终没被说服，我们也只能半道熄火。接下来的时间里，孩子照样穿着不系纽扣的衣服去学校，我和妻子仍然卡着时间去单位上班。

纽扣风波在家人努力的沉默中似乎得到了平息，我的心却更加悬了起来，给我的感觉如同点燃导火索却没爆响的哑炮一般。因为在孩子的房间还有诸多明星照片和某某课外书，当我看到孩子所喜欢的鞋、欣赏的头饰、怪异的美瞳，不知道会不会形成新的涡流，变成"龙卷风"呢？

因为孩子的困惑

暑假到了，不是我非得强迫孩子去补课，实在是孩子的学习基础太差，差到连她自己都不敢报出成绩让第三人知道。眼看下学期要分科，看看刚刚过去的高考，我不敢想象将要被烤煳的我们，有种陷入绝境的感觉。

孩子属于90后的那一大家族，应该比80后更为珍稀一些了，平心而论，我们因为父辈们大多经历了"土豆烧牛肉"跑步进入共产主义的那个年代，北方大国那时正在颁发"英雄母亲"勋章的时候，我们却一刀切式地选择了"独生"。虽然那时我在营区，诸多严厉的举措让人胆战心惊，如果多一个孩子，会被降职，当年年底绝对安排转业。于是我们多数人就在这时候循规蹈矩地决定了下一代的人生，比如将来孩子会面对双方四个甚至六个老人……也许，若干年后，我们是罪人，或者是对社会的某种贡献？

细想自己常有一种自责，以前在营区里，一切都无须努力，对于孩子，没有方向，更多的是迷茫。回来后，还是苦寻无果，孩子曾经缺少的，依然无法弥补。不能让她去好的学校，和她的同龄人一样读好的中学，这似乎是我给孩子留下的一种悲哀。别人有的，孩子没有；别人能做到的，我没有做到。

人生一世，但凡有因皆会有果，90后的孩子便在我们的倡导下有了比过去更多的恨。他们和他们的同龄人一起拥有了更多的忌恨，恨官，仇富，骄纵，自私，叛逆。

90后的孩子，已经习惯出名，从幼儿园开始就要有名，在园内、学校，班级排名，小学、中学、大学，都得坚决不做无名之辈，长辈是官员的得考虑他什么时候应该佩戴上官衔，到什么时候就得进步，于是，造就了一个一个的官二代、钱少富。在官二富二的网络大战中，有钱的捧钱场，没钱的捧人场，圈内圈外，都很给力。

到90后谈婚论嫁时，会是豪车一队，住房一两套吗？我看未必。嫁谁，娶谁，都要努力非凡地去筛选，挑来拣去，剩男剩女扎堆，闪婚离婚一片。

对于无辜的孩子们，由于恨的情绪占据心中位置太多，恨父母管束太多，学习太累，他人太富，自己什么都不缺，可自己什么都没有。恨自己父母没能耐，解决不了自己的许多问题；恨他人为什么会有那么多关系门道，活得那么潇洒自在。恨老师的一句话，恨一次考试，恨他人的一点刺激，就要做出惊天动地的反应，甚至选择永远的回避。就这样，孩子的恨意与日剧增，余下的爱意减少了许多。

孩子的心理也与外界格格不入，已经不是简单的不融洽，如风似潮，逆袭而来，师生情谊似乎成为一种过往，被丢弃的绚丽，甚至被冷漠了的关爱，这一切该是谁的错？

孩子们到底怎么了？

时光里的背影

时光流水而过，各种背影的情结不时打开。那天老爸送我去武装部参加体检，骑车在老爸身后，近距离看到老爸用力蹬车而晃动双肩的背影，脑海中便浮现朱自清《背影》里的父亲，忽然觉得一种平凡里的坚强和了不起，催人奋进。没过几天，还没有完全读懂父亲背影的沧桑时，便在迷茫中背负三横两竖的背包去寻求属于自己的方向，把自己嫩稚的背影留给了亲友。

到陈仓的那年，正逢对越轮战，我们的前几批老兵都将被送去云南麻粟坡，我们只有站在誓师大会场外，目送他们远去的背影，无缘接受血与火的洗礼。

留下来的我们便淹没在绿色方阵里。冬日的阳光温暖而灿烂，但也毫不客气地把我们一个个晒成黑泥鳅。夏日的火热在背影里勾画出一圈圈、一片片白色烟云，中国和世界地图悄然印上我们的衣背。在队列中，向前看，兄弟们撑起的脊梁，闪现无数的背影！走出方阵，留下更多的似乎还是背影里的酸苦。

去长沙读书那几年，孩子未满两岁，寒暑假和妻女告别，小区外的马路上，把背影扔给她们母女，心中酸涩而不忍。妻说，孩子一直对着我的背影摇着小手，那时，她并不知道我会越走越远，不懂得背影里留给她的是远不可及的距离，因为一去便是大半年。

几年后，营区生活留给孩子的仍然是匆匆而去的背影。平日里，训练操课安排得很紧，节奏也很快，一分一秒都似乎不能耽误。两眼一睁，忙到熄灯，所有时光尽数消融在忙碌之中，周末都坚守营区大院。孩子说，她时常透过窗户的玻璃，在结队而过的背影中寻找我，想着我会突然回头给她一个笑容，或者突然出现在她和妈妈面前，领着她去什么地方玩。可惜多少年过去了，那只是孩子很难见到父亲的一种期盼和渴望。

　　孩子入学了，而我却没有多少机会陪伴，多数由她妈妈接送，周末回家，妻子再向我转诉送走孩子时看到纤小弱瘦背影的感受。转眼间，孩子已经上了中学，那会儿我突然感觉岁月飞逝，留下了许多愧疚。几年前，赶上部队第二次精简大调整，有意无意地选择了公路行业，在上下左右、逢弯就急的路途中，时多时少的拥堵不堪，川流不息的人群匆匆而过，感受到的是更多穿梭往来的背影。

　　假日带着孩子回老家，见到中学时的数学老师。闲聊中，老师说那时的我们，课堂上对他一本正经，而对着他的背影却肆意妄为，做着这样那样的小动作，又怕被发现，紧张而专注。考试中会急切盼望老师远离的背影，去偷看手心里抄写的公式和夹带的字条……老师的坦言一笑，更加触动内心深处那些紧张的回忆。

　　孩子听了却不以为然，爸啊，你们就玩这些啊？太小儿科了！我们现在啊，嘿嘿！诡秘而疯狂，不扔纸团、递条子、做鬼脸，老师的背后什么微信、短消息、游戏、电子书……

　　人到中年，终于明白把儿时的幻想镌刻在老师的背影中，原本是一种悲哀，却不想孩子们又在步后尘，心中不免有些惶恐。我端起茶壶，借倒茶之际，久久站在老师身后，想把那历时多年的背影刻在脑子里，虽然老师的后背已略显伛偻，但有种威严仍然让我心绪紧张。

　　无语在背影中面对孩子，而生活留给我的只有它，孩子也许还没

【山里山外】散文集

唐毅 Shan li Shan wai

有感受到渐渐消失的珍贵，也许为了体谅父辈的匆忙，让背影深埋心底，保持沉默不说罢了。

每日里，我临出门时给孩子和妻子说一声：我走了！留下的便是远去的、渐渐消失的背影。冬去春来，许多年后，孩子渐渐习惯了，妻子早已无话可说，我们都不再渴求朝夕相伴的乐趣，我也只能黯然地重复背影中的劳作。

同事说：兄弟辛苦！早晨两眼一睁，上班！晚上回家两眼一闭，睡觉！孩子和妻都说：没事，挺好的，每天把要说的话都留在我的背影里！生活的空间就这么狭小，有时觉得近于悲凉，生命的阳光和向往融入了背影时，才更显真实，我应该珍惜。

与难同行

又是一个清明，我除了借此寄托对亡人的哀思之外，最为思念的是我大哥。在那年山西临汾的煤矿大爆炸中，大哥遭遇不幸。也许在矿业安全管理体制不全的那些年，大哥选择去煤矿打工，无疑走上了一条不归路！后来的这几年里，我不愿回忆，更不愿用文字记下来这些苦痛，因为大哥悲苦短暂的人生时常折磨着我，甚至痛及我的灵魂。

我们兄妹三人，妈妈离开我们的时候，哥六岁，妹妹只有八个月。后来，爸和现在的母亲结婚了，按他们的协议可以带一个孩子，我被爸带走了暂在外婆家寄养，哥在舅家生活，妹妹留在了三叔家。

我们的生活轨迹后来一直没有什么改变，兄妹三人见面只能相拥而泣。为什么哭？自己心里清楚。哭什么？说不出来。没娘的日子只有自己知道是什么滋味。

岁月变幻，光华流逝，我们也一天天长大。

在我第一次探家那年，大哥结婚了，嫂子当时十九岁，人长得很漂亮。在几家主要亲戚和外婆的操办下，嫂子过了门。大哥的婚事办得很仓促，没有房子，外婆搬出了自己的卧室，中间隔开，里半间便是哥嫂的新房。

婚后的大哥大嫂，生活得应该还可以，后来外婆家不能住了，嫂

［山里山外 散文集］

唐毅 Shan li Shan wai

子带着身孕和大哥搬到了队里的一间仓库暂住，过着像乞丐一样的日子。后来，哥带着嫂子来到县城，租赁了一套私人房屋，暂寄身于此。孩子出生后，生活来源成了主要问题，无奈之余，大哥加入了浩浩荡荡的务工队伍。

之后的三四年里，大哥在邯郸煤矿打工，也承包过几处私营小矿，嫂子带着刚出生的孩子也去了邯郸，在当地开了服装店，买了一小套单元房，孩子的户口也随迁了过去，大哥的生活似乎有了一些变化，至少有了自己的小"窝"。

知道大哥生活得比较好了，我和大哥一家的联系就不太多了。逢年过节，就打个电话。大哥从不谈他的艰难，问起嫂子和孩子总是一切都好。从那时开始，给我的感觉大哥的小日子相当不错了，至少比我强，我那时一个月只拿着160元的工资，无房无存款还是一单身汉。岂不知这正是我的一个错误，我做梦也想不到大哥和嫂子会成为陌路人。

五年前，大嫂回老家，在妹妹那里留下了她和大哥的离婚调解书，并特意给我留了大哥在山西的电话号码的字条。我百思不得其解，多年的艰难时日都挺过去了，孩子也15岁了，为什么会离婚？

我打通了大哥的电话，想找到让我接受的答案。"为什么离婚？发生了什么事儿？这么大的事儿为什么不和我们联系？孩子怎么办？以后呢……打算怎么办？"我的所有问题却没有得到什么答复。我知道一切都于事无补了，只能安慰大哥："如果在外地没事干了就回来找我，不要勉强自己，保重身体。"

大哥的婚姻就这么平淡地开始，安静地结束，像风一样轻轻吹过。

2010年7月31日，对我来讲这是刻骨铭心的一天，我接到临汾方面的电话通知，大哥在爆炸中出事了。我第二天中午便到了山西，除了一次驻训和一次接兵，这是我第三次山西之行，然而这次的出行却超乎寻常的痛苦。

经过七天的协商处理，我和亲属们接受了对方所有的协议条件后，见着了大哥的遗体。大哥身裹蓝色大衣躺在那儿，脸上全缠着纱布，头上扣一顶鸭舌帽，头部的一半已经没有了，我解开衣扣看了胸腹部，基本完好，两只胳膊无法找到，因为大衣的两个袖子是空的，横在胸前打了一个很大的死结，两腿全裹着白布，左小腿也不存在，这便是大哥和我最后的见面，一个残缺不全的人，静静地躺在那里。

几位堂弟清理了大哥的遗物：一个电话本，一张二代居民身份证，一张邮政储蓄卡，一部飞利浦手机。手机屏幕已经震得粉碎。看到手机的惨状，我不敢想象爆炸时的冲击力有多大，我心中一阵阵绞痛，眼眶一热，泪水涌了出来。

大哥，一个农民工，不分白昼地辛苦这么多年，最后竟然走得这么凄惨。老家是个小县，地方不大，人口不多，但每年总有数千人在外谋生，不敢想象还有多少和大哥一样不幸的人。

处理完大哥的后事，我回到古城，已是8月中旬，《唐山大地震》公演完了，我不知道自己是在一种什么样的心理状态下坚持看完那部片子的。

历史的车轮转过34年后，让人们又一次重温那个时代最痛苦的记忆，23秒地震画面，重塑了天崩地裂，房屋坍塌，人群慌逃，压在重石下的垂死伤人，感受身体与生命消散的过程。

回想那年的那天，我看着电影的画面，对大哥的思念与灾难的情节同行……

灞桥往事

　　每每乘车过往必走灞桥，但却一直未留意过灞桥的历史印记。不承想，"交报"的一次月末稿约，让我足足学习了一周之久，历史上的灞桥，给古都文化留下了太多太多的故事。

　　灞桥位于西安以东10公里的灞河，是东出西安的必经之地，西临浐水，东接骊山，东南为白鹿原，北面为渭河平川。《雍录》中有文字这样表述："此地最为长安要冲，凡自西东两方面入出崤、潼两关者，路必由之。"　《咸宁县志》、傅氏增湘《秦游日录》云：汉时，在桥梓口村西浐河入灞处的北辰社（村）附近灞河上正式筑建木桥。《方舆纪要》云："汉灞桥在古长安城东二十里。"《咸宁县志·地理志》："汉桥在今桥西北十余里。"上设稽查亭，检查来往行人。清康熙三十九年（公元1700年）川陕总督席尔达书《重修灞桥记》碑文云："且汉高帝'沛公还军灞上'……旁加三点，此灞字所由来也。"

　　据郦道元《水经注》《咸宁县志·地理志》和《咸宁长安两县续志·地理志》载：灞桥始建于春秋秦穆公二年（公元前658年）。当时，水涨时便连舟撑木做浮桥，水落时就搭建便桥。"秦穆公欲彰霸业，改滋水为霸水。水上有桥，谓之霸桥。"

　　早在秦汉时期灞水两岸筑堤广植柳树，隋唐之际灞桥一带已是杨柳含烟、两岸春色的名胜之地。唐朝时，官方在灞桥设立驿站，凡送别亲友东去，多在这里分手，有的折柳相赠。李商隐《杨柳枝》"为报行人休尽折，半留相送半留归"，离别之时将柳条折为两截，一截赠送游人表祝福，一截留下盼早归。千年历史沉淀，灞桥折柳形成了一种民俗文化。故有关中八景之一"灞柳风雪"之美称。

灞桥的修建历史，最早可追溯至西汉末年，公元前22年2月遇火灾，"数千人以水沃救，不灭"，"火烧灞桥，以东方西行，至甲午夕，桥尽火灭"。王莽下诏书追问此事，大司空视察后，回奏曰："寒民舍居桥下，疑以火自燎，为此灾也。"王莽一方面开仓赈济饥民，"以施仁道"，一方面把复修后的灞桥改名为"长存桥"。《关中八景史话》云：长存桥后因战乱被火烧毁。东汉迁都洛阳，长安失去京都地位，灞桥未得恢复。西晋、前赵、前秦、后秦、西魏、北周等王朝虽定都长安，但战争连绵，政权不长，国力不济，都未重建。

1994年灞河出土的桥墩遗址考察中发现：隋文帝杨坚于公元582年，在汉长安城东营造新都大兴城，灞河为城东运输工程材料的要冲之地，所以在今柳巷与灞桥街之间修筑一座"南桥"，是为创建都城的配套工程，次年完工使用。据陕西省考古研究所从发掘的"隋灞桥遗址"实测，"残存的桥墩桥洞都是用石条砌成，结构为一座多孔石拱桥"。

唐中宗李显景龙四年（公元710年），在隋桥南建一桥，地址在今灞陵乡马渡王村附近，在桥头设驿站，曰"滋水驿"。《方舆纪要》载：唐灞陵桥，在京兆通化门东25里，近文帝灞陵，似非今桥之址。到了睿宗李旦时，又在原桥基础上进行了整修。五代王仁裕《开元遗事》载："灞陵有桥，来迎去送，至此黯然，故人呼为'销魂桥'。"开元十年（公元722年）进士王昌龄《灞桥赋》有"若长虹之未翻"之句，意为长桥卧水，宛若长虹。《唐六典》载："天下石柱之桥四，洛则天津、永济、中桥，灞则霸桥。"这说明中唐时，灞桥已是石柱多跨桥了，该桥历经唐、宋至元初又为洪水淤沙淹没。

在灞水上重新架起石桥且规模最大、历时最久的当属元代人刘斌组织民间力量建起的灞石桥。元人骆天骧的《类编长安志》和李庭的《创建灞石桥记》记述：山东堂邑人（今聊城）刘斌于公元1260年至1263年间，游历关中准备回家时，恰逢灞河水涨，无桥可过，只好和其他游客一起乘车冒险渡河。刘斌的车侥幸到达对岸，后边的车却被汹涌的激流冲没。他目睹惨状，发誓要在灞水上建一座永久性的石桥。

公元1266年，刘斌告别家人，重返陕西，临行前，他对家人说："若石桥不成，永不东归！"到长安后，他在灞水岸边搭了一间简陋的草棚，开始了极为艰辛的造桥工程。

刘斌精于石工、木工，熟悉冶炼技术，算得上一位建筑全才。他建桥不代表官方，全凭一股热情和精湛的建筑工艺以及当地群众的大力支持。他招募群众"分采华原五攒之石，伐南山之木以为地钉"。刘斌修桥的事迹感动了官府，当时平章政事（相当于宰相）赛天赤行省陕西，听到此事后对左右说，桥梁不修，乃是地方官的责任，今远方之人来倡建灞桥工程，你们岂能坐视不管？老百姓将怎样看待你们这些当官的？随后他带头捐钱一千缗（一千钱为一缗），又调用民工200人帮助刘斌。于是陕西地方官吏纷纷捐款，加上老百姓的赞助，大大加快了工程进度。经过三十多个春秋的艰苦努力，一座坚固的大石桥终于在灞河上建成。

明成化六年（公元1470年）布政使余子俊对灞桥增修，后不久，"辄为沙石壅塞"，遂废。

公元1667年，改用舟渡与桥渡相结合的办法，涨水行舟，水涸则架土桥。公元1700年，"总督席尔达重修灞桥"，三年又毁。"然后河流浸涨，沙石填淤，桥工难就，冬春则架木成桥，夏秋则藉船以渡"。

公元1764年，又补修石墩木梁桥，水上24孔、岸12孔，共36孔，河岸砌石堤80丈，筑土堤30丈。公元1771年，大水泛滥，又遭冲毁，只得又采用舟桥相兼的办法，"知县陆维垣督工重加修筑"。公元1781年，陕西巡抚毕沅奉旨砌造，亦只相度地址，未复旧观。

从明到清朝中叶，灞桥毁建频繁。公元1833年，陕西官绅征集桥匠民工，参照西南40里沣河普济桥的石轴柱建桥技术，依隋南桥故址督修木桥，结合灞河的实际进行施工，历时九个月，于公元1834年竣工。长80丈，阔4丈。后遭沙土淤塞，毁于山洪。清同治十三年（公元1874年），咸宁知县易润芝督工对原灞桥改建。此次所修葺的灞桥，直到新中国成立后1957年重修时，仍完好未损，突破了"六十年一成毁"的说法，获得"以人事争"的实证。

1935年，在老灞桥西侧200米处修建一座灞河铁路桥，陇海线由此桥通过。此桥原为木桩基础钢筋混凝土桥墩台，16孔中承桥梁，全长422.8米。

1949年和1957年，为加固灞桥，西安市人民政府对桥进行了扩建，将原石板桥改为钢筋混凝土桥，桥宽10米，两旁还各留宽1.5米的人行道，比之古桥，更为雄伟。2004年，这座横跨灞河170余年的老桥被拆除，建成现代的钢筋混凝土桥，这便是从古到今"灞桥"之始末。

如今，行走灞桥之上，遥望长安塔，世园盛会的秀丽景色环绕灞桥，向人们细述灞桥的历史文化。

古桥依然在，灞河柳常青。

微信里的瀑布

　　无意间在微信里加上了园林局的郭建平老师，其实和他未曾谋面，至今仍然不识真面目，对他我只是知其名，爱其画。他也不知我是谁，看我对他发往微信中的作品总是赞了又赞，一直误认为是范桦老师的亲友，和他是同行。每隔数日，便可在微信中看到他关于壶口瀑布的新作，偶尔也在圈里发一些他参展的得意之作。观其各种瀑布造型的画面，我按捺不住，反复点赞。

　　其实这些年，每每走过老区，都会利用半天时间去看一下壶口，而每次都会有新的感觉。除了季节、天气、水势的恢宏程度差异之外，听那震耳欲聋的轰鸣、奔涌而下的飞瀑、千年河床留下的凝重都会给澎湃的心潮留下更多的渴望，祈求对图腾文化源脉的解读再深刻一些！故而内心深处受到强烈的碰撞后又留下新的神往。所以，对壶口瀑布便有些情有独钟了，以至于现在偏执喜好关于壶口瀑布的作品，包括影视书文、图片等。

　　以前做秘书的那几年，曾费了些周折联系美院为部队接回许多大师的经典之作，有三幅巨型会议厅专用画作艺术价值非凡。但深感遗憾的是这些作品中没有壶口瀑布的主题内容，直到后来在画店和朋友的美笔之下，看到这类作品，让我大开眼界，感受非比寻常。

　　要说对美术作品的欣赏应该是运用感知和经验去感受、体验、联想、分析和判断，获得审美享受，理解美术作品与美术现象的活动。而自己平庸俗人一个，既不会写字，也不懂作画，只能从非专业角度去体会和欣赏。

壶口瀑布名字的由来最早可追溯到《尚书·禹贡》记载道："盖河漩涡，为一壶然，故名。"壶口之名由此而来。从平面上看瀑布全景，它的确像一个巨大的壶口，翻滚倾注着滔滔黄河之水，做冲壶之状，狂涌而下。让人们在壮观的景象中去思索、去探寻华夏龙脉。

上下五千年，华夏龙脉何处探寻？郭建平老师对自然风景总有其独特的思考，往往超越自然本身而触及文化历史，来展现他作品的艺术魅力。在壶口瀑布系列作品中，大师们往往让自然的景象与生命的意义紧密相连，折射出人文情怀。通过血脉情怀的写照与黄河壶口的描绘相结合，在形式、符号中表现对"龙文化"的思考。让人身临其境，在气势磅礴中找到灵魂的钥匙，借壶口自然风光再现巨石、惊涛骇浪，将华夏源脉尽数展现。

黄河是中华民族的摇篮，华夏文明的发祥地，壶口则被国人誉为"黄河之心、民族之魂"。壶口瀑布在不同的季节、不同的时间，会呈现不同的水情变幻。它独特的地形地貌形成了水的千姿百态，摄人魂魄，蔚为壮观。郭建平老师在自己的许多作品中把深厚的人文内涵与壮观姿态融为一体，用龙魂之气塑造黄河雄风，观其形、闻其声、赏其势，但见滚滚黄河倒悬倾注，"声若雷滚撼天地，势如江翻腾蛟龙"，一次一次地把人与自然的对语，来自心底的震撼和洗礼，化作浩荡之思、奇逸之趣挥毫而出。在瀑布图中隐约可见狂奔而来的雄狮、狂龙怒吼不休，各具形态，奔涌而下。

为了深刻描绘泥沙俱下的壶口瀑布，郭建平老师的壶口瀑布作品采用大量的赭黄类颜料为瀑布之水着色，这种颜色看上去充满"火红气势"，真切地表现出壶口之水的咆哮感，把那种真实扭曲的狂放的景象表现出来；在岩石和狂浪之间，从不同的格局和比例上进行调整，前后、聚散、大小，突出险、奇、正等地貌特征，调动干、湿、浓、淡，以色度变化完成水色交融、水势千变万化的韵律，准确把握水的动感和质感，让岩石与水产生刚柔对比，把壶口瀑布脉线表现得淋漓尽致，展现出华夏龙脉的灵性。

随着不断的探索与尝试，郭建平老师在壶口瀑布作品中喜欢采用不同的角度，展现黄河水那磅礴翻滚的气势。为了"得其形而贯其气"，用传统的笔法塑造历尽沧桑的岩石，以求墨色厚重；有的用嫁接的手法，借壶口瀑布图的意境，让不同时代的伟人傲然站立崖壁之巅，再现革命先驱或者伟人们胸怀天下，革命必胜之信念。用传神的笔法，再现时代先锋们运筹帷幄，面对狂流大潮，泰然处之、矢志不渝、坚持改革、安邦兴国的坚强意志。在人物身后，注重水光山色的完美结合，赋予画中主人公的博大胸襟和人格写照。

我之所以沉醉在朋友微信里的壶口瀑布中，因为它让我带着内心的震撼去悟化龙魂精神，如同某年曾在陇南"陇上狂人"老先生那里解读到的"精、气、神"一般。这些成功的艺术作品让我把视野投向美的世界，一种奇妙的力量让我日益紧张的灵魂渐渐放松，扩充血脉的深度和宽度，去寻找生命的亮光，催我奋进，励我前行。

走近莫高窟

没去敦煌之前，对洞窟文化包括与此相关的历史知识我几乎一无所知。那年，突然有机会去了一趟莫高窟，出乎意料，心中难免一番激动。

老早听说莫高窟的名字是在课本上，很小的一张图片加上很少的一段文字，现在细想，已经没有了任何记忆。但只觉得那地方或许已经残破不堪，满目荒凉，要么肯定是一片颓废景象，所以面对这样的一个地方，一直以为它遥不可及，自己根本不可能去那人迹罕至的地方。

从兰州飞往敦煌，用时一个小时零四十五分钟。等我和老大哥随着旅游的人群站在莫高窟面前时，仍如做梦一般。

放眼望过去，莫高窟的崖壁并没有想象中的高大，进入景区前，隔着一排茂密的树丛，进了入口后要走过一段铁栅栏，才基本看清整个山体的形状，且完好无损，凹凸有致。听人介绍得知，山体表面涂过一层人造砂岩。

随着讲解员的解说，第一次清晰地梳理关于莫高窟的来龙去脉。

2200年前，汉代丝绸之路的开辟，使得敦煌这座边远的西部小城渐渐成为东西方商品贸易和文化交流的中心之一。公元366年，一个叫乐尊的和尚云游至此，忽然看到三危山顶出现万道金光，如有佛祖现

【山里山外】散文集　唐毅 Shan li Shan wai

身，一时心有所悟，从此化缘求金，在鸣沙山东侧的断崖上开凿了第一座佛窟。多年后，一个叫法良的和尚来到这里修建了第二座佛窟。此后，修窟之举便生生不息。至唐代，敦煌已经成为一座国际化城市，而莫高窟也已经建有佛窟1000多座。但是，到宋元时期，随着海上丝绸之路的兴起和草原丝绸之路的开通，敦煌渐渐被弃置一旁，变成了一个偏远的荒凉之地。莫高窟也经过自然、战争以及人为的破坏，渐渐变得残破不堪，一度处于一种荒凉状态。尽管如此，因为莫高窟特殊的地理环境，时至今日，它依然光彩夺目，魅力无限，已经成为世界现存佛教艺术最壮观的一座宝库。

多彩多样的洞窟很快让人眼花缭乱了，每一处彩绘佛像，每一处洞窟的背后都是一段我没有理清的历史，也或许是一部百科全书。原以为《红楼梦》和《水浒传》里的人物是最多的，到这里我很快就发现，这里，有久远的历史，这里有诡异的神话，这里有动魄的艺术，这里有灿烂的文化。我不得不肃然起敬，不得不屏息静气，不得不痴痴呆立。那些亮丽的色彩、优美的线条、鲜活的生命、飘逸的气质都在我眼前拥挤着，让人目不暇接。

16号洞窟里卑微的小人物——道士王园箓。原本的印象，这是个类似汉奸的坏人，坏透了的人物。后来在莫高窟对面的敦煌艺术陈列中心，见到了王园箓的照片——面带微笑，一团和气，身体略有几分孱弱，神色透着几分精明。这个其貌不扬的小人物，无论从哪一方面看，都与这个积淀着千年文化的地方很不相称，都与这座瑰丽的艺术殿堂相去甚远。但是，历史却准确无误地告诉人们，让埋没千年的敦煌莫高窟重见天日的人，偏偏就是他。

我想弄明白这里的一切，便非常仔细地去听各种讲解，我知道，走出这里，将不会再去了解它了。

据说在公元1858年，湖北麻城大旱，蝗灾严重。一个八九岁的孩子跟随在逃难的人群中，这就是后来的王园箓。王园箓从童年背井离乡，开始流浪。年近半百，出家为道，开始云游四方。最终，四处漂泊的王道士来到了荒废已久的莫高窟。

公元1900年6月22日，20世纪的世界文化史会永远记住这一天。王道士在清理第16号洞窟的积沙时，甬道左边的墙壁裂开了一条缝隙，于是，一个小小的密室被打开，里面的经卷堆积如山，而且排列整齐。王道士惊呆了。这个小小的密室就是敦煌藏经洞。可以说，如果没有王道士对藏经洞的发现，莫高窟迎接全世界目光的日子不知还要拖后多久。虽然精通文墨的王道士无法知道这些经卷的价值，却感觉到这些东西应该是有用的。他先是请来了本地的父老们。父老们同样是惊讶万状，不知所措。最后大家一致认为这是先人佛教功德物品，应该妥善保存在原地，不能流失。然而，王道士毕竟曾经游走各地，见过一些世面，他对当地父老们的意见并不满足，他要继续为这批东西寻求答案。于是，王道士带着经卷，骑上自己的小毛驴，开始拜访一些地方官员。

后来，在讲解中我更多地了解到几位与莫高窟洞窟文化相关的人物。

肃州兵备使延栋，精于书法，当他看到王道士带去的经卷时，摇了摇头，认为经卷上的字不如他的书法好，因此既无兴趣也无热情。敦煌县令严泽，不学无术，把王道士带来的两卷经文视作两张发黄的废纸。知县王宗翰，熟谙历史文化，对金石学也很有研究，见到王道士送来的经卷后，立即判断出这些经卷的不同寻常，但是没有采取任何措施，只是将这一消息写信告诉了叶昌炽。

叶昌炽，甘肃学政，金石学家，他知道了藏经洞的事，对此很感兴趣，并通过王知县索取了部分古物。遗憾的是，他并没有对藏经洞过分关注、采取有效的保护措施。

过了一段时间，态度冷淡的延栋还是把藏经洞的事情上报了，甘肃藩台同样没有表现出太多的热情，后来虽然下过一纸命令，让把这批经卷运往兰州，但是从敦煌到兰州的运输费用却难以凑齐，又考虑到把一大堆发黄的废纸运来之后保管起来更是麻烦，因此发文敦煌县府：就地封存，由王道士看管。王道士的一番奔波终于有了一个结果——这个小小的密室被加了一道简陋的木门，上了一把锁，钥匙放在了王道士道袍的口袋里。于是王道士只能与这些似乎很珍贵却又毫无用处的藏品长期相伴了。

然而，真正让我惊讶的是几位老外，超出想象的是他们不远万里、风尘仆仆来到莫高窟。因为这些不速之客对洞窟文化带来巨大影响，如果没有他们的光顾，今天的莫高窟可能会是另一种结局。第一位是斯坦因，英国人，通晓多国语言，曾获杜宾根大学哲学博士学位，在牛津大学和剑桥大学研读东方语言学和考古学。他怀着一颗渴望已久的心，费尽周折，来到莫高窟，在和王道士经过了一段时间的相处、交流之后，便带着24箱经卷和5箱佛画回到了英国。随后，斯坦因的大名便震惊了西方学术界，而这些珍贵的文物也进入了英国博物馆。

第二位是伯希和，法国人，曾在法国国立东方语言学校攻读汉语，并学习中国学与东方国家历史文化，然后成为法兰西远东学院首批研究人员、教授。在斯坦因离开几个月后，伯希和也不辞劳苦，来到了莫高窟。他同样与王道士进行了一段时间的相处、交流，然后赶着满载着宝藏的车队离去，经西安，过郑州，来到了北京。这些宝藏大部分被运到了巴黎，收藏在法国国家图书馆，一部分留在了伯希和身边，很快又震惊了北京的学术界。

当斯坦因、伯希和把敦煌文物向全世界公布时，当朝命官这才懂得了其重要价值。1910年清政府做出决定，把剩余的敦煌经卷全部运往北京保存。但是在运送途中，出现了严重的偷窃现象，车队每到一处，几乎都要失窃一部分经卷，有机会盗窃的人都是当地的上层人士、官宦、名士、乡绅。一时间，敦煌经卷流失严重。这是敦煌经卷自发现以后最大的一次劫难。

无论如何，王道士在掌管莫高窟文物期间，他的很多做法是愚昧无知的，也是让人痛心的。为了方便进香礼佛者，他打通窟壁，致使许多壁画被彻底毁坏。为让古老的莫高窟焕发出新的光彩，他化缘求钱请来工匠，把已经陈旧的壁画重新绘制，他不知道这也是一种彻底的破坏行为。

听完导游的讲解，多数游人对王道士的所作所为颇为不屑。如果时光倒退一百余年，让他们处在那样一个时代，那样一种环境，再让他们幼年流浪，成年出家，云游至此，发现藏经洞后，又遇到那样一群当地官员和外国学者，他们一个个会有怎样的表现呢？可以说，任何一个小人物处在社会和历史的大环境下都是无法逃脱命运摆布的。在我看来，王道士只是抱着一些美好的心愿干了一些愚蠢的事情。

看到敦煌石窟的艺术瑰宝令我惊叹，其数量最大，内容最丰富的壁画，最广泛的题材是尊像画，各种佛、菩萨、天王等。佛经故事，经变画，综合表现一部经的整体内容，宣扬想象中的极乐世界。在印度、中亚、中国的传说故事里佛教史迹画与历史人物相结合，供养人画像等，真正让我饱览了震撼世界的"墙壁上的图书馆"。

虽然供参观的洞窟不多，只有八九座洞窟，据导游讲供参观的较有影响的是96窟、17窟、130窟、158窟、259窟、285窟、200窟、428窟，而在洞窟里看到最多的是飞天壁画，有飞天4000余身，惟妙惟肖，气势宏伟，还有最大的坐佛塑像，整个大洞窟就是一尊大佛，在敦煌莫高窟我们读到的是神秘和惊奇。

莫高窟的壁画与雕像串连起来，仿佛一部历史连环画，闪烁着一个又一个王朝，以刀光剑影换来片刻安宁，在兴盛中强大，又在腐朽

山里山外 散文集

唐毅 Shan li Shan wai

中没落。诸多权贵及世人曾经放弃了自己的生命，幸存下来的人们再为了金钱而打拼。不停变换的角色是丝路上的商人、斗士、流亡者、宗教信徒，不变的是那些石像和洞窟灵魂，或神或仙。面对他们，我突然感到，似乎这些神灵正踏动脚步，卷着风沙向我和洞窟石文扑来。

似水年华

我们曾经一起走过

班长其实不是个什么官儿，或被人称为"兵头将尾"，如今在公路道班或者超限站都有类似的岗位设置。但我对班长却始终保持一种无以言表的敬畏，当然不是因为班长有多忒，只因曾为我付出过许多特别的努力。

世上没有无缘无故的爱，对此我一直深信不疑。营区大院疯狂流行军营民谣时，小曾的一首《我的老班长》曾无数次感动过我们。多年来，对老班长情之深、感之切，不论是苦乐相融的磨砺，或是第一次梦想成功的喜悦，这一切都来自于班长的辛苦劳作。细细品味，在茫然无知中，是班长教会了我如何努力，如何去拼搏。多少年后，在战友情义里，更为坚定永恒的是班长对我们的情义，如根和茎叶一般亲密而不可分。

班长老蔡是江苏盐城人，一口浓浓的苏北口音，1.7米的身高，清瘦的体形，属于典型的南方人。班长始终保持着端正的举止，不管什么时候，眼不斜，头不歪，一直向前看。他时常重复提醒我们，坐如一口钟，站像一棵松，躺下一座山。班长常批评他人：叼着烟弓着背，手插裤袋乱晃悠，像什么玩意儿。

班长很反感两人不成行、三人不成列的坏习惯，走路喜欢两手甩得呼呼响，臂摆得倍儿直。班长说：当兵的到底咋个样？就看你"三

山里山外 散文集

唐毅 Shan li Shan wai

相"（走、站、坐）好不好，进门看内务，出门看队列，这是必须的。

班长站着的时候始终腰不弯，腿不屈，挺胸、抬头，格外有气质。我们夸他时，班长却不以为然：当兵，就得这样子，什么也别想（那时没有人讲浮云）……班长最喜欢孙中山的一句话："升官发财请走别路，贪生怕死莫入此门。"这句话一直记在他笔记本的首页里。

新兵训练三个月后，我被分进了雷达站，专业训练去了山西临汾的一所航校。

为了让我出类拔萃，班长总在晚上给我"开小灶"，不堪重负的我曾暗地里诅咒过，那时感觉简直是一种折磨和摧残。而班长却好像意识不到我的苦恼，不依不饶地每天晚上指点我的速度、换算及默装数据和我操控的失误，再给我布置好第二天早上必须牢记的内容。我的那些夜晚便这般稀里糊涂度过，早晨的太阳尚未露头，我已坐在机场跑道边死命地开始背记，直到大部队起床号响。

其实每日夜间是我难熬的时刻，因为自己的家庭原因前半夜总是难以入睡，多数时候躲在被窝偷偷流泪，直到后夜才能迷糊睡去。有一天班长突然坐在我的床边，轻轻拉开我的被头，擦拭我的眼角，不停用手抚摸我的额头。因为不能开灯，不能讲话，他就用这种无语的动作陪着我，直到我安然入睡。有了班长的陪伴，我慢慢安静了许多，几个月后，便能自然睡着了。多年后，班长转业时特意问我，现在长大了，晚上还想家里的那些事儿么？那一刻，我流泪了……

训练最为紧张的时间是上午9时至11时，下午3时至5时。天气晴朗时，飞机多数选择这时段起飞，航校会在起飞前半小时通知我们。我们便快速飞奔钻进雷达车里。正午的烈日暴虐地把雷达车晒透，高温的烘烤，车体内的橡胶皮味加上电子管长时间释放的热浪把我们包围，坐在旋转轮椅上紧张地搜寻闪烁在荧屏上的亮点，一批一批飞机起飞、降落，又起飞、再降落，直到停飞。

班长刻意为我制定了一套训练方法，以提高我的反应能力，时常人为改变各种固定数据，对我的时间精度要求远超训练大纲的全优标准。我除了在记忆中排除系统误差外还要牢记手轮操作的机械误差密位。一次次换算装定数据，一次次地转动手轮，一次次地强化记忆，直到后来的平均精度3.6的密位，平均速度2.28秒。夕阳西下时，我终于能够走出雷达车，劳累和困乏让我痛苦难忍。回到住处，端起两盆井水顺着头顶浇下去，闭上眼睛狠劲儿地甩动麻木的脑袋，一身的灰尘和汗渍便随着咸水溅向四周，清凉和冰爽让我清醒，又去接受新的开始。

　　我很信奉万事皆有因果，班长的付出应该得到回报，训练结束后的大比武我拿到了18个雷达站的第一名。那天，班长一直看着我笑，晚上又在我床前静坐了十几分钟，反复摸着我的额头，这一夜我睡得很安然，从那以后我也不再回想家事了。

　　离开雷达站已很多年，一次偶然的机会我带着超限站站长和一些执法骨干去部队参观，在训练场寻觅个来回却看不到雷达的影子，眼前再也无法闪现显示屏的扫描指针和飞机回波。雷达车里的情景是我二十年部队生活的开始也是我新训生活的结束，那年后的雷仪分队训练改到户县大王机场，但我没再参加，离开了雷达站也告别了班长。我一直很怀念这次驻训，虽然还有后来的昆仑山适应训练、戈壁滩的打靶和雪地野营都曾有过不同的感受，但唯有在临汾机场的三个月始终扎根心间，因有班长相陪，是他带着我努力走过那一程。

第一次的感觉

因为第一次，前所未有，所以新鲜，刺激，难以忘怀。人一生总有无数个第一次，比如我走进部队后也有过诸多第一次，在我记忆中无法淡忘的有无数个第一次，虽然没有什么情深思恋的恩爱缠绵或痛彻肺腑，但另一种感受和回忆，刻骨铭心，催人奋进。

第一次感觉自己长大了。虽说人的长大懂事需要一个较长的时间过程，但往往真正长大的时候只在一刹那间，或者一两件事上幡然醒悟，我对父爱的感悟是在武装部体检的那天。对于父亲我一直是陌生的，我在外婆家生活的那些年，每次见着他都是在匆忙之间，他也从没刻意走近过我，抱抱我，亲亲我，摸摸我什么的，我们之间的距离始终保持着，似乎很远，很远。体检的那天，父亲骑着单车送我到了武装部，见了部长王伯伯。他说我可能身高不够，年龄太小，交代爸填年龄时要注意填好，至少填到17岁以上，不然不符合条件。身高有外科长贵叔叔在，他已经打过招呼了，不会有什么问题。其他内科，血检必须要真正合格。他让父亲放心，没啥大问题。

整个体检过程我一直跟着大家走，父亲一直远远地跟着我的队伍走，抽血、五官、内科都没有什么疑问，外科里我进去看见长贵叔叔在，他让我站到电子秤上，向下打了一下身高的标尺，1.6米，长贵叔叔报了我的身高，我明白，差了4厘米，因为我那时只有1.56米。最后一关是主检，我进去了，爸在窗外，我侧头能看见爸的脸，他一直笑着看着我。大夫是一位老大妈，她用手摸完我的腹部，听了听我的心脏部位，问了一些我的以往病史，问我有没有12岁，我脸红着辩白，17岁了。大妈笑了，傻孩子，还能哄得了我啊！你有17岁啊，部队很苦，你受得了吗？小小的不上学，跑部队去干吗？父亲一直在窗外看，大夫在体检表的主审栏里写字时，父亲的脸往高处长了半截，我看到了他的脖子，我知道父亲肯定踮起了脚尖，下颌在努力地往上翘，眼睛使劲儿地往主检室的桌子上瞅，两手握住窗户的钢筋，能看见他喉结两侧的血管和筋都高高暴起。直到大夫在表上写完字，签了名字，爸在窗外向我举了一个大拇指，又向我笑了一下，然后从窗户前消失了。那一刻我突然觉得自己长大了，和父亲的距离原来一直很近，很近。

第一次穿新军装那种感觉实在难忘！现在回想起那会儿又非常可笑。领到新军装就迫不及待地穿好，对着镜子照来照去，遇到家里人就问："我像当兵的不？"外婆拉住我瞅了几圈，不停地喊："像！像！咋不像啊！我外孙子天生就是当兵的样儿……"一出门只要认识的见谁给谁敬个不标准的军礼，大家都一句话："呦！当兵了。"每听到这句话心里都美滋滋的！同学见我都会拍手欢迎，我马上给他们还以军礼，惹得大家一顿大笑！

第一次远离老家去一个陌生的地方，这种感觉总是酸酸的！从快三岁时到外婆家，一直到临走。我和乡上同时入伍的九个人一起坐上班车，到县武装部统一集结，晚10点到火车站。当载着我们的军列缓缓驶离车站时，送别的人群中传来一阵阵哭喊声。列车上也随声附和着，声音由小变大。车上的送兵干部来回走动着劝导并安抚我们。我默默地流着眼泪，看着列车窗外渐渐远离的家乡，回忆着一些和外公外婆共处的往事，毕竟要离别三年啊！而我们眼前的路又是那么陌生！所有等待的一切似乎都是未知数，不到15岁的我再回来时一切又会是什么样子呢？

第一次在部队过年，我当时在连部任文书。连长是甘肃庆阳人，高高的个子，气质特棒，参加过国庆三十五周年阅兵，踢着正步走过天安门，那时真成了我们的偶像。找不着第一次在部队大院过年是什么感觉，不幸的是我发烧了，连长来看了我一下，去服务社买了两瓶水果罐头，放在了我的床边。下午，炊事班的人送来一碗荷包蛋，说是连长让做的。

这个年就这么过的，病中的我虽然难受，但却异常感动，所以难忘，在那个大集体里，这样过了第一个年。

第一次登台亮相参加西部交易会。我扮演一位副将，穿着古装，腰挎宝剑，站在仿古战车上，前面是五四方阵，一路走过一路表演。

组织排练的是宝鸡话剧团的几位老师，省歌院给谱的古典曲，音乐声声响，我们的战车缓缓向前走动，过了主会场后停下来，没等卸妆，便被催着到主会场台阶上照合影，后来的照片上看着密密麻麻的古装人物，我和主帅的另一名副将最后一排，想要看清楚已经不可能了。

第一次创作写快板词纯属偶然，偶然得有点离谱，我自己觉得简直就是赶鸭子上架。一日政治部来电话，通知让我写一篇关于反映基层文化工作的快板词，一周之内必须交稿。教导员找我交代了一下就结束了。

我傻了大半天，快板词我还没写过，20世纪90年代，社会网络还没成型，更不要说部队内部有什么网络资料可查了。那两年部队正铺天盖地建设三室一部，其中就有图书室，可是图书室仅有可怜的几本杂志、报纸，没有什么快板创作一类的书籍。我除了服从之外，余下的只有瞪眼了。

憋，这是传统，政治部一位副主任这样给我说，老前辈在要啥没啥的年代，一切拥有的都是这么来的。这可能是近似于真理般的经验吧，我就开始了"憋"，强制的，没有其他选择。

一周后，憋了一份初稿，没想一半内容被肯定了，另外加了一些物华天宝华清池、八大奇迹兵马俑等，其他的内容基本采用了。

后来，这份手稿报到集团军，通过后送到军区审定，又反复到我手上来了六次，第七轮定稿后被军区千人文化活动广场确定为百人快板节目，全营抽调128人组成了一支快板队。训练两个月后拉进了广场，和陕北的腰鼓队，来自南方某市格调的威风锣鼓一并参演，先后上场60多次。解放军三总部，驻地省市领导都陆续看过千人文化活动广场节目，随着声声快板和说辞，我的创作灵感被再次激活。

在营区的二十个年头，说来不短，但回首过去，却似乎一眨眼便闪烁而去，只有这星星点点的第一次，在我生命中是根本无法拭去的！不像第一次见对象时的不知所措，也没有第一次紧急集合时的丢三落四，更没有第一次站哨时万般紧张，但把二十多年的感受，储存到了记忆深处。

第一次的感觉，就这样从一个个的第一次开始，结束后再继续新的第一次，如此的经历催我成长！

老营房的事儿

　　曾经在老营房待了很多年，直到它被拆除后我们搬进了新楼，而我始终很怀念它。曾经在老营房里，我们一拨又一拨的兄弟，彼此间有一种情义，很真、很重、很久远。曾经一起摸爬滚打、吃喝拉撒、打闹折腾，所以那种情感坚若磐石。

　　我们被送进老营房时，尚未入冬。记忆中是清一色的红砖、红墙、红瓦，红红的烟囱捅破房顶，把深秋的太阳高高举起。

　　老营房的院子很大、很深，有几处角落我们一直没有走到过。几个大训练场，几个大炮场，几家宽大的院落和机关大楼分列东西北三面，营院大门正对南大礼堂，庄严而宏伟。

　　老营房的起居必须按时间表进行。早6点号响就起床，飞快的节奏如赛跑，时常提着裤子往外蹿，外扎的腰带挂在脖子上。慌乱中忘记戴帽子、反穿裤子、来不及穿袜子，这些尴尬等早操结束后再另行纠正，诸多的笑料留在了火辣辣的岁月里。

　　老营房的第一课要学会叠被子，绿军被虽是简单地顺折两下，横折三下就OK了，但要达到横平竖直豆腐块的形状，没三五周的凳子压、木板夹、双手拿捏是折腾不出来的。直到某日自己的被子前摆上纸糊的小红旗，就算通过了整内务的难关。

　　老营房里睡觉是七八个人一大通炕，头朝外，脚蹬墙，门口是班长，最里边的是班副，我们夹中间。在这屋子里，大家就算一家人，白天坐成一排排，列队由高到低一条线，晚上睡觉头挨头，脸对脸，大家一起放屁磨牙打呼噜。若是有人喊"紧急集合"，全体人员迷糊中都会一跃而起，不开灯，不讲话，打好背包就往外跑。到了外面发现黑夜静悄悄，才知只是有人说梦话，大呼小叫地出了假情况。

老营房里做事儿要抢时间，如厕见缝插队要快跑，早起刷牙洗脸门前蹲着一个个，后面还有一排排，嘴角挂白沫，脸上乱抹两把水，抢扫帚、涮拖把、擦地板，人人都像练就了凌波微步一样地快速飞跑。

来到老营房的人都要学走路，近似于丫丫学步，要不厌其烦地学，狠劲儿死命地练。先齐步，后跑步，速度、幅度要恰如其分，基本定型后便照猫画虎般地走正步，甩疼胳膊踢肿腿，直到整体步调一致，才算结束。这些机械性的动作打造出来的爷们儿很愚钝，以至于后来的做人跟当年的走路一样，直来直去拐不了弯儿。

老营房的日用家当是统一的白毛巾、白床单，铁碗、铁盆、铁缸子。水泥地、玻璃窗要擦得一尘不染，旮旯角落里用白手套摸不着灰痕就算达标。绿化林带的冬青树下扫得像老鼠溜过一般，光溜溜的不带一点儿虚土。秋季，梧桐树上的叶子还没飘落之时，已被我们一树一枝地连敲带打搞成秃鹫。

老营房比较紧张刺激的是站哨，要记下有关规定、时间、着装、口令、礼节，开始时由老兵或班长带，不放单。第一次在哨位上往往会答不出口令，遇见首长查哨紧张得不会敬礼，出尽洋相，挨过不少批，长了很多记性。站哨的悲伤令人终生难忘，同年入伍的战友兰君在换哨中被坏人袭击，左胸被刮刀刺入6厘米，抢走了枪支，等发现时已经牺牲了，直到开追悼会时我们都不相信那是真的，来得那么突然。此后，我们在哨位上必须荷枪实弹，如遇陌生人要保持可控距离。

生活在老营房的我们走路要喊口号，"一、二、三、四"，四个数字分成组合天天叫，数年如一日，喊声震耳欲聋；列队听哨音，饭前要唱歌；走路一阵风，坐如一口钟；抬头、挺胸、两眼始终向前看；像背"老三篇"一样地重复背条令。老的带新的，新的变成老的再带新的，一代代往下传。

老营房的人不停地换，每年走一批，来一批，新人进来要新训，掉皮掉肉不敢掉队，分到老兵班就开始养猪、种菜、烧饭、操枪弄炮，有干得好的，有差的。都说七十二行，行行出状元，可我们的老营房里就没出过什么人物。"新兵蛋子"在老营房里渐渐长大变老，老营房树叶每掉一茬，大门口便挂起退伍不褪色的大横幅，从树枝捆扎的彩门中走出去一批人。后面送行的队伍一群群、一队队生拉死抱不放手，这便是老营房的情结。

流不尽的汗和泪，道不完的悲与欢，诉不完的苦和乐。一批批老兵吃完送行的饺子，和当年走进老营房时一个样，胸戴大红花，踏着《送战友》的旋律，告别老营房。

老营房的年年岁岁就这么走过，老营房的故事就这么平淡，这么琐碎，但我们对老营房的情却一天比一天浓，一年比一年重。

那年有"鱼"

老部队搞劳务输出的那两年，曾到过北郊的草滩，养鱼、钓鱼、打鱼、吃鱼，过足了"鱼瘾"。

走北郊过了张家堡沿着西三线往西北行进，便是草滩农场，现今的草滩一路、二路、三路南段就属于当时的渔场。渔场分东、中、西三个区，我带着一个排的兄弟驻守东区，负责看守其中的10个鱼塘。

春暖花开的日子，渔场就开始投放各类鱼苗，品种不太多，只是很普通的几类：草鱼、鲢鱼、鲤鱼、鲫鱼、罗非鱼，不需要特殊养殖技术，也就不用太多操心，一些新特品种会选择实验鱼塘由专业技术人员饲养。

养鱼的日子很辛苦，忙碌间又显得有些孤独，偌大的旷野草滩，只有鱼儿做伴。我们蹬着三轮车将饲料运送到喂料台，撒上几把饲料，便看见水下一拨拨黑影儿从四周游过来，慢慢跃出水面。再多撒几圈饲料后，鱼儿已经完全包围了喂料台，雀跃翻滚，掀起一圈一圈的波澜，噼里啪啦地在水面上抢食斗欢。阳光下的鱼鳞泛出一片片银光，闪烁耀眼，眼前的鱼塘变成了鱼的海洋。

夏日来临，已经长成半大的鱼儿，进入快速生长期。每日两次喂料才能满足，饱餐以后却不肯离开，逗留在料台周围漫游。到这时，我们便静静地观看水面下的鱼儿，仔细辨认哪是草鱼，哪是鲤鱼，哪是鲢鱼、鲳鱼，还有德国锦鲤、小罗非（非洲鲫鱼）。

待到大雨将至，天气异常沉闷。鱼儿最难挨的就是这时候，严重缺氧，鱼头外露，漂浮游动，甚至在水里上下蹦跶，极力找寻可供呼吸的"氧分"，渔场称这现象为"浮头"，如果持续时间过长，或者夜间没有"增氧"，就会导致许多鱼儿死掉。技术人员便及时指导我们如何打开增氧机，如何定时巡查，并采集水样化验等等。当我们打开增氧机，随着机器的转动，鱼塘里就会掀起很大的波浪，十几分钟后，鱼儿们恢复了安静，回到了它们自己的水层空间。

养鱼间隙，我们便偷着学习钓鱼，私下联系管理人员，去开放的鱼塘垂钓。在那里，我们和许多专业的钓鱼爱好者一起挂食、定漂、抛竿、放线、收线，判断鱼儿吃食和上钩的时机，怎么使用抄网，钓着大鱼怎么溜鱼、收线、收竿，似乎有许多学问和诀窍。也有技术员偷偷传一些小秘方，如用中药拌猪肝，绑定专用大钩，在塘子边的隐蔽处钉下铁桩，放线到池子中央的深水区，等到次日或者过上三两日，再来查看，如果线已绷紧欲断，多是有货，费尽周折收上来，有时会钓到小鳖，偶尔也会碰到两三斤以上的大家伙。

其余的闲暇时间，我们就待在渔区的工棚里，没有电视，没有娱乐项目。白天兵看兵，晚上看天数星星，瞅着月光下的鱼塘，静候天明后的阳光。万般寂静之中，如发现鱼塘边有黑影来回晃悠，多半就是小偷，逮这帮人时手脚要麻利一些，但每次我们都故意弄出很大的动静把偷儿吓走，让他们没机会下手，保证鱼不被偷走就算完事儿。我们把偷儿们来不及收走的粘网和相关赃物上缴连队，会得到表扬，渔场还会送来好多鲜鱼以示慰问奖励。连队便组织鱼宴会餐，于是一捆捆啤酒被我们疯狂地吹饮而下，在一声声激烈的呼喊中度过热辣辣的草滩岁月。

深秋到初冬阶段，渔场便组织分批拉网，这是收获的季节。然而成功的关键是塘底的踩网，而不是拉网。每到这时，鱼塘的水已被抽去一多半，塘边数辆贩鱼的大车小车，只等鱼儿上岸。我们会安排一些人手维持现场秩序，以防出现哄抢。技术员和专业养鱼的男人们都下到了水里，我们中间也会挑选一些个儿高的老兵们下去，塘里踩网的人比较密集，不到一米站立一人。水里的人要在鱼塘底部两脚换着踩网，手上提着网面的浮球和绳索，保证网下擦着泥底而过，网面防止有鱼漏掉，两岸的人配合拉住渔网的上下口绳索，一点一点向鱼塘的另一端挪动。等到了岸头，整张大网已非常沉重，这便是收网的时候，所有人都会异常兴奋，互相喊着闹着，渴望这一网能打出最好的收成。直到把进网的鱼完全集中到池塘一端，便能看见被网住的鱼一条条，一层层，上下翻涌，白的、黑的、花的，池塘的一角全是鱼的世界。扎网后，多余的人员便撤离休息，场部人员分组，拣鱼、装鱼、过磅，财会人员匆忙地验收记账，承包的人也不停地忙活登记做自家的底账，计算收益。鱼塘不需要帮什么忙了，我们因为很少见到这样的场景，便站在一边观看，分享养鱼工人的喜悦。

自离开草滩后，从此也就远离了鱼的多姿和温柔，再没空闲去钓鱼和诱捕小鳖，更没有闲情雅致去养什么观赏鱼。只有进了鱼市或者在外吃鱼时，记忆的符号便会跳回草滩，回想渔场的鱼，还有那些养鱼人，他们无所苛求，守着鱼塘，数年如一日。在和他们朝夕相处的日子里，才真正体会什么是劳动，学会享受"年年有鱼"的快乐！

嫂子来了

"嫂子，嫂子，借你一对大脚，踩一溜山道再把我们送好。嫂子，嫂子，借你一副身板，挡一挡太阳我们好打胜仗。噢！憨憨的嫂子，亲亲的嫂子……"这是李娜《嫂子颂》里把军人的嫂子的勤劳、愁怨、柔情化作一声质朴的呼喊。老歌虽已唱过了很多年，但嫂子的概念还深深地烙在脑海里。在营区里把嫂子统称为"军嫂"，这种笼统而平淡的称呼是什么时候流行的，无从考证。在营区里待久了，我们都习以为常，不论是士官、年轻干部或者首长的家属，不分年长次幼，没有例外，见面都尊称"嫂子"，一声嫂子拉近距离，嫂子和蔼又可亲。

在营区，"嫂子来了"被习惯性称为"家属来队"，这种喜悦可融化部队周末和节假日的严厉。周末假日的营区，人员外出按照10%的比例控制，离开营区要请假，否则就是违纪。这期间绝大多数干部不能外出，要坚守自己的岗位，家在附近的也不例外。这节骨眼上，首长和干部部门会专门检查干部在位情况，所以嫂子只能选择到营区"探亲"，而被称作爱人的"老公"却不能回家，这是每个干部必须养成的看家本领。从有"嫂子"的那一刻起就得习惯，不然你在那环境里没法长期待下去。

夫妻二人若身处异地或者较远地区的便不能频繁来往见面，说是牛郎织女并不过分，要等到一年一度的探休假，这种典型的两地分居生活，20世纪后期曾经被一首《十五的月亮》唱得轰轰烈烈，直到张宇《都是月亮惹的祸》流行，才渐渐淡忘，所以这样的生活使当时的年轻人特别在乎距离上的感觉。后来，走进大都市成为双向优选条件，年轻干部便选择在驻地恋爱，红娘纷纷牵线搭桥，时间缩短了爱的距离，也加重了爱的负荷，要么海枯石烂，一直到永远；要么昙花一现，转眼烟消云散。而真正成为嫂子的女人在后来的日子里没有多少幸福的感觉，注定了付出超乎寻常的辛酸与无奈。

　　嫂子来队安排有专门家属房，白天干部不脱离工作，晚上可以到家属院与嫂子团聚，厨艺较好的家属来了可以组织聚餐，炊事班再另加几道菜，当然也会有人（包括我们）偷偷地喝点白酒。因为"嫂子来了"，这是最好的理由，我们什么也没看见，首长们也理解。

　　在营区里办婚宴，仪式简单，气氛热烈，出一些简单而又难以完成的小课目，当然也有钻床底、听墙根、啃水果，让新婚之夜有点戏剧的味道。

　　和嫂子开玩笑，并不是我们的创新，在部队一直是传统和习惯。也许正是营院文化的潜在形式，它是一种尊敬，一种特有的方式，一种用集体的关爱去补偿军人不能给嫂子们的快乐。调皮的战士和干部专门制造一些波折，故作认真地逗乐玩笑，让年轻的嫂子大发醋劲儿，敏感而脆弱的情感在悲欢中去体验恩爱的愉悦。然而不是所有的玩笑都恰如其分，时常会有让嫂子们哭的、闹的、跑的，我们再去追、去堵、去寻找，再啼笑皆非地去修饰和解释那份爱。这些平淡也只有营区里的嫂子们才能有更深的体会，因为一切都来之不易。

　　嫂子遇上兵，会哭笑不得，甚至比较糟糕，夹杂着一丝惶恐。嫂子正在洗衣服，新兵会突然站到身后五至七步远的地方，立正，大吼一声"嫂子好！"声音极为响亮。第一次经历这种情况的嫂子会不知所措，迅速扔下手中衣物，飞跑回自己的房间里，心情慢慢恢复平静。当有人把这突如其来的惊吓告诉大家后，便引来哄堂大笑，这种事儿总会接二连三地发生。还有使用强取豪夺的方式帮军嫂洗衣服、洗碗，不知情或者新来的嫂子非常惊讶：当兵的咋这样呢！是的，咋这样呢？

放飞和平鸽的年代，田间地头的农家劳务，春来冬去的如梭光阴，攀扯一家老小的生活起居，闹市街头的奔波忙碌，风雨坎坷的一切都由嫂子担当。硝烟纷飞之时，嫂子们的悲伤更让人痛彻肺腑，在血火之中将永远失去她的爱人。

回想一下，无论走到哪里，海岛、高原、哨卡、沙漠、都市、荒野，嫂子除了孤独、寂寞和无法弥补的情感，给我们留下的是始终如一的坚强。

那片白杨林

出营房北行5公里左右，便是渭北塬，塬头地边是一大片白杨林，树很高，林很密。我当指挥排长的第二年，被抽调到集团军炮兵指挥部组织侦察特训班的专业训练。所以，渭北塬边的这片白杨林，最为熟悉。这次是我不再玩雷达，改变专业带标图和侦察去训练，也不再采用原来的训练方法。

我负责带领侦察一米测手，训练人员有装甲××师，步兵×师地炮团，××师高炮团，外加我们旅的侦察骨干，总共50多人，组织起来不难。

每日早上带着测距机和饮用水便去了训练区域，渭北塬并不算高，平均六七百米的海拔。站在塬头边缘，眼前的西部大城也不过是一条顺着渭河摆开的长丝带，往南是秦岭大山，身后是看不到边际的渭北土塬。

我用炮指提供的激光测距仪，对着塬下城区的各种明显地表建筑扫描几圈，再分为N个组编号做出标记，依次测出各区不同目标的实际距离。这装备虽是81式，不算最先进的，但已经非常好用，地面固定目标误差正负5密位，每分钟最快可以测出27个点位的有效斜距离。建好训练档案，我的这帮兄弟们便拿出随行装备的一米测距机对指定的目标进行练习，每组做完后记下他们的距离，我再对着档案基本准确数据进行成绩判定。

测距的要领一学就会，体视感的建立很快都会有，测距中对光标的判定读数却不是那么好把握，感觉出问题，误差就会很大，稍有不慎会差出几百米。

这只是基础训练，他们回去后实际要用到的是用这种测距装备对空中运动目标进行测定，向炮兵阵地传送报读射击距离，这就是20世纪末炮兵分队侦察兵的主要职责。

训练间隙，我们会找些乐子，比如抓蛇。我的左手曾经被土蛇咬过，那次小的意外是因为我激怒了蛇，它要闪进地洞时我手快抓住还没进去的大半蛇身，强行拉了出来。可能是我下手狠了点，把它倒着拽出来了，蛇似乎有些恼羞成怒，闪电般地回头对我的拇指点了一下。感觉像蚂蚁或者针刺了一下，大拇指根部出了两点血珠，血色不黑，感觉伤口不发麻，应该无毒。侥幸，我也火气上升，不客气地将蛇头钉在了杨树上，用小军刀划开蛇的七寸下的一圈，往下狠劲儿一拉，连肠带肚，蛇皮便脱了下来，翻出蛇胆，扔进嘴里。剁掉蛇头和尾巴，钢丝穿着挂在木条支架上，乱七八糟地撒些方便面的调料，柴火烤肉，这便是我们野外的自制烧烤。

这活动不是天天组织大家做，被首长发现要挨训的，正课时间是不允许干与工作无关的任何事儿。有时我便给制定一些相当高难的激励目标，达到我要的指标了就瞅时间灵活搞些小动作。每当要组织非法活动时，便预先在集训区域通视角度相当有利的制高点设置俩观察哨，遇有情况立即通知，迅速组织大家有序列队，一本正经地刻苦训练，直到检查的首长离去。大概两三天一次。蛇胆吃多了，身体似乎变得和蛇一样的冰冷，有几位兄弟就取笑说将来也许会有蛇蝎般的心肠，因为吃了过多的蛇蝎。没有道理，但我有些信了，再不敢过多生吃这些，曾经在吞食时不小心咬破了蛇胆，很惨，胆汁渗进了口腔，刷牙、洗漱都不管用，几天后嘴里还是异常地发苦。或许真是因为吃了较多蛇胆，后来的整个夏天，人真的不再过多出汗，手心脚心时常感到冰凉，即便到了高温天气，多数兄弟热得难受，我们几个却热不起来，出汗也不过分。

可能从文明环保理念讲，我们的所作所为要受到指责，佛说，杀生罪孽深重，道也会责怪我们没有善念，人会说年轻人不珍惜生命，破坏生态。但那时反正做下这许多任我行之的荒唐之事，我确实那样带头做过，而且不计后果。恶也罢，善也罢，在那火辣辣的年代，年少的我和兄弟们总有许多无知的胆大妄为。

这是在军营里被人带着训练和带着别人去训练的一段往事，在那个大营区里，也就这样带着，帮着，传递着能量和信息。没有谁比谁强，只是都在努力，都很勇敢，走到后来，我们一起拥有了一片天地。

[山里山外 散文集]

唐毅 Shan li Shan wai

有种感觉叫不紧张

很久以来，有种感觉是很紧张，一切都是这样，无论有定数的还是未知的，似乎都一样。

年轻时在营区大院，起床、如厕、洗漱，一日三餐，操课，所有的内容都要按部就班地完成，和时间赛跑。所以不少的年岁时光如何度过，根本无法顾及思量，因为每根神经在每一秒都会绷得很紧。

新训期间的会操是时常组织的活动，每天最后一个课时都会进行，班长出场前会千叮咛万嘱咐：别紧张，别紧张，千万别紧张！然而，多数时候我们都会因过度紧张做错动作，丢人丢分也丢名次。真正最后会操能拿到第一名的，不是他们训练得有多好，只是不紧张，这种感觉让他们没人出错。于是，我们人人都非常向往不紧张的那种感觉。只要不紧张，便有可能出类拔萃，所以这种感觉成为我们的渴望。

首长检查前，会正式通知大院里所有的单位做好准备，要对应着首长检查的内容精心准备。其中打扫卫生是第一位的，包括跪着躺着把地板擦亮，跳进便池淘大粪，菜地的埂子拍得四棱上线的等等，反正要万无一失。大首长来得快，看得少，通常是蜻蜓点水似的，检查完了首长很高兴，若说不错，或者回去后在会上点名表扬那便是一种无上的荣誉，我们在欣喜中释放紧张的心情。

其实等候检查是比较痛苦的，我们越想不紧张，越会事与愿违。三连的孙凯是整个大院的第一胖，而且个儿也不低，2.1米，体重210斤，入伍时曾因太高太胖体检没过关。因为他又高又胖，集合站队总是第一个。那日，军委一位大首长视察部队，因为孙凯出了名的不紧张，谁都不害怕，接受过几位将军检查问话，所以列队时还是让他站到了第一个。这天检查的首长看着高出自己半头的他，举起手掌拍了一下他的厚实的胸膛，小伙子，胖！孙凯大声回答：首长胖！全场人都有点傻了，陪同的军区首长全懵了，回不出话，后来军区的司令应了一句：战士可爱得很，太紧张了！首长笑了一下：叫什么名字啊！胖子响亮回答：我叫不紧张！这下爆响全场。

孙凯把锅给砸大了，下来后，他哭着站在连长门口不走，恳求连长处分他：我其实一直默念不紧张，不紧张，结果就成这样了。连长安慰他说：没事，不怪你，来的这官儿太大了！

关于不紧张的答词成为经典被传说着讲了十几年，因为大院里来过最大的官儿，和孙凯的高大胖，还有这简单的问答都让人难忘。

关于紧张的故事还源自我们的射击训练。在地上趴了两周后，就会进入实弹射击，个人成绩要平均到连队，第一天点名时连长就会告诫，不要紧张，正常发挥，好好打，争取优秀。可悲的是一到靶场听着相邻靶位的枪一响，自己的那一发弹不知不觉就飞出去了，打哪儿了，不知道。第一发没打好，后面的就越发糟糕，打完了，报靶，剃光头的兄弟死都不信，怎么会这样。还是太紧张。

夜间站哨是我们的又一紧张课程。熟记口令是我们要做的，最怕上级有人来查哨，往往就会遇到。查哨首长像审问一般问你好多问题，还会伸手问你要枪，姓什么叫什么，哪个单位，第几年兵，有没有谁来查过哨，下一班接哨人是谁。首长问你这一班哨，便知你单位落实哨兵工作的全部，这是部队领导惯用的招数。可怜第一次站哨总会答非所问，在一连串的问话里总会答错口令，说错话，直到通报下来，出现了差错，那个熊啊，全连军人大会丢人，会受到点名批评，这一系列的过程那真叫个紧张。

新兵的一切都是紧张的，班长睡觉前动一下手电筒，我们便猜想会不会有行动；睡觉后，班长突然揭开被头看我们脱掉外衣没，或者看看老兵整理背包带，等等迹象表明可能晚上会有动作；睡觉最怕打紧急集合，紧张的我们便会手拿背包带等着信号一跃而起。太困太乏的我们坚持不了多久，便会沉入梦乡，如果有人说梦话紧急集合，我们也一样会翻身而起，再回头看班长有无动静，如果他不动说明是假的。有时会空等半夜，有时会有意外收获。紧张的我们总会丢三落四，枕头包里的六个一不全了，背包打得不规范，太松，背出去跑几步便散了，一切都在紧张中闹出笑话。

稀里糊涂地过了一些年后，突然又多了战斗力评估这一茬儿，每天下午5点增加了体能训练，累个半死。手枪射击也是每周两天训练，考核也来真的，把人往死里考。这会儿的感觉是有些吃不消，因为在此以前的十几年里，好像很轻松地过来了，突然这么一紧张，很大程度上不太适应了。这种感觉持续到离开部队的那一年。

时过境迁，回想生活里的感觉只有一种值得回味，那就是不紧张了，那是到地方单位报到以后，逐步学会的，要完全适应的就是不紧张，所有的人和事，包括时间好像都无关紧要了，因为不紧张，慢慢地，生活得自在多了。

最后一支烟

　　学会吸烟非常偶然，似乎也很简单。很早在草滩看守鱼塘的那阵儿，因为无聊、寂寞，没事儿了就试着陪着小袁点一支，想找一点抽烟的感觉，等于没事找抽吧！但那时傻乎乎的，不知以后会身受其害。说实话，第一次吸烟的感觉很痛苦，苦不堪言。因为烟味很重，很苦，很呛。但只是因为有了第一支，正如人有了某种贪欲一般，有了初次体验，便越发不可收拾。以后就有了第二支，甚至无数支，直到完全不自觉地陷入烟雾缭绕之间。这样，烟就跟我好上了，并由开始"无烟无火"的三级烟民逐步升级为"有烟有火"的一级烟民。

　　小袁是郑州人，自小患有鼻窦炎，天阴下雨都会发作，感冒时更为严重，鼻子不通，还会流脓，呼吸困难，不停流泪，所受折磨苦不堪言。

　　我两人一个棚区，喂完鱼料，他就端张小凳，坐我床边，掏出烟来，先发一支给我，教我试着抽烟。我先看他吸烟的感觉会怎样，深呼吸后，从嘴里吐出一圈蓝雾，慢慢飘散于空中。问他，感觉能好些么？答，好了。我没有仔细体会烟有什么好的味道，想着就陪他吸两口，减少一点兄弟的痛苦，帮他解解闷罢了。烟，第一次吸它，感觉真的非常不爽，甚至是痛苦至极。苦的，麻的，呛的，吸下去，再要像小袁那样把烟吐出来，便会撕心扯肺般地咳嗽，继而呛得泪流满面，吸不下去的几口只好让烟在嘴里转一圈，很快吐出来，瞅着蓝蓝的烟雾在眼前飘散。

回到营房后，兄弟们便知道我也抽烟了。于是大家抽烟时便专门来到我宿舍，见面有份，抽烟的习惯了这样。我也去买烟，看谁想抽时就发，他们抽，我也跟着冒。

后来，知道了关系特好的朋友可以送去一条烟让他抽，也许部队大院的人情烟都是这么开始的。兄弟们回家探亲便有了土特产，其中之一便是家乡烟。回到连队，来到其他班排散上几包烟，或者转到同年入伍的乡党那里，围坐一起，散出烟去，说说家里的变化，谈谈见女朋友的感觉，哥儿们一起喝酒的爽快，这便是兄弟们探家归来的故事。

烟慢慢成为一种人情。入党是一件非常神圣的事儿，申请近两年，能不能被吸收，始终是个谜。看看到年底了，连长通知我，准备填表，另外要熟悉党章有关内容，上级党委会安排专人和我谈话的。当时激动的心情难以表达，在自己的脑海里，刘胡兰是英雄，十五岁入党，咱也入党了，而且一样非常年轻。后来老班长告诉我，应该买包烟，庆贺一下，两包窄板金丝猴，各班排宿舍走了一圈，跟结婚一样，烟在连队就这么重要。

后来兄弟们聚会总少不了烟的陪伴，几杯酒下肚，脸红脖子粗的，也要点上烟；醉了，划拳嚷闹，还是不能忘记烟。抽上半截，扔上一半，或是忘记了，手指烫得钻心疼痛才会想起夹着烟。烟的可爱，烟的讨厌和烟的无奈一起上演，但一切应酬总少不了它。

两种情况的出现让我突然想戒掉香烟。单位组织体检，大夫说："你抽烟一定不少吧？"我问："有什么证据可以说明？"他说："你的气管、肺已经很黑了，如果不抽烟的人这些部位透视时是全透亮的。"大夫的话深深地刺激了我，想起宣传信息上的那些黑心黑肺的图片，一种莫名的恐惧闪入我大脑。尽管从没想到要长命百岁，但刚刚步入中年的我，却也不想因为烟导致身体发生什么问题。

第二种情况是身体突然变得脆弱了，易生病了，吹几分钟空调，用凉水洗个头，喝两杯酒，少穿件衣服等等都会发烧，甚至到了吃药打针都不管用的地步。头痛欲裂的感觉让我明白远离营区后的我不再拥有老虎般的身体了，虽然还没到弱不禁风的程度，但抵御病毒的能力大不如以前了。也许烟是害虫，我不得不下定决心戒烟。

一个月左右，我几乎扔掉了香烟，克制住看见烟的贪婪，还有发痒的咽喉。后来，鱼塘边的一个晚上，寇师来鱼棚，教我炖鲢鱼头，两捆啤酒下肚，食指和中指间又夹上了久违的香烟，这次吸烟的突然开始，又像风一样悄悄来临。我终于明白和多数年轻人遇到过的问题，要戒烟好像很不容易，对于老烟民来讲或者更难。

拒绝烟的问题一直成为老大难，会议室习惯性地摆上桌签，禁止吸烟，楼道、餐厅、公共汽车上也印上标记，可我已经深陷其中。到底是不是真有瘾了，应该抽的时候在抽，不该抽的时候也叼着它，有烟没火借火，有火没烟找着要烟，已经麻木得不知所以，一抽便是许多年。也许这只是弹指一挥间，但想起来十分可怕，烟雾缭绕中我和烟的二十年已悄然度过，或许已经不能盘算抽了多少支。

前两年去了项目工地，烟已经陪了我整二十个年头，多发的感冒，早起漱牙的干咳呛得我常常泪水伴着洗脸水一齐往下掉。突然又下了一个决心，戒烟！并暗暗告诫自己，不要重复昨天的故事，一定要成功。一个月，两个月，过去了两年半，我终于坚持没再动烟。远离了抽烟的日子，总会有许多感慨。

烟终于离开了我，反复抽、反复戒烟的过程相当漫长，虽然并没经受多大痛苦，也没采取非常必要之措施，只是敢于拒绝，坚持到最后。我想起原省人保的一位领导给转业干部做报告时说过：人最大的敌人是自己！抽烟、戒烟也不过如此，当然还有其他，虽然我戒烟时并没想到这么多。

远走戈壁看沙湖

每两年一次实弹射击任务，必定要去军区靶场完成。这儿并非什么世外桃源，也不是常人所想的旅游观光场所。"早晚穿棉袄、中午流汗如洗澡；天上无飞鸟，风吹石头跑"，便是戈壁滩的美妙时光。除了紧张、荒凉，也只有鬼不下蛋、鸟不拉屎罢了。

这一段时间，因为总是在紧张忙碌中度过。虽然只待个把月，但那种枯燥无味让人有些与世隔绝的感觉，使人难忘。

休整的时间里，人显得格外清闲，却异常无聊，所有人都有些心慌神乱，烦躁不安，领导们便组织大家走出戈壁，去寻找沙漠绿洲。

那年靶场外出便是去了沙湖。

沙湖被称为"塞上江南"，位于银川市以北56公里的平罗县境内，融江南水乡与大漠风光于一体。传说当年贺兰是一位美丽的蒙古女子，能文善骑会射。一日，贺兰慕天山原始岩画之名而踏寻之，途中邂逅党项族男青年漠汉。漠汉高大英俊，文武双全，性格豪爽。两人一见钟情，山盟海誓，私订终身。一年后，双方都传来消息，成吉思汗欲纳贺兰为妾，西夏皇帝也欲定漠汉为驸马。两人誓死不从，决定私奔。在一个月圆之夜，贺兰骑一青色骏马到初恋地与漠汉相会，双双吃下仙药，女即化作泉湖，男即化作沙漠，相依相偎，永不分离。贺兰的贴身丫鬟也化作了芦苇，从而形成了沙湖独特的地貌。

另外也有一种传说，是因清乾隆年间的一次大地震，山摇地裂之后，银川以北便出现了成片成片的大小湖泊，这些湖泊若即若离，欲合又分，湖水蒸发湿润了湖中、湖畔的黄土，形成了恰似江南的柔美，这便是沙湖。

眼前的沙湖比想象中更为美好，也许是进驻靶场以后难以见到碧水连天的景致，人便觉得心情激昂，难以按捺。虽说我来自陕南，青山绿水本不陌生，可眼前的湖泊景象却倍感意外：沙光闪烁、湖水荡漾，苇影亭亭。

宽阔的湖面上，分布着大大小小错落有致的芦苇，东一丛，西一簇。水清盈绿，波光粼粼，一簇簇芦苇茂盛修长，郁郁葱葱，微风吹来,婆娑作响。我们乘坐在快艇上，尽情享受任风吹拂的感觉，呼啸摇曳的激情转眼便消失在身后飞溅而去的浪花之中。湛蓝的湖水在阳光的直射下，剔透出淡淡的白，深深的绿，微微的翠。

放眼望去，满湖的水，碧蓝、明朗、辽阔。浩瀚无际的波光里，苇影婆娑，密如苍莽的青纱，疏似如玉的蘑菇堆，碧波苇影，成就沙湖丽色。船至狭窄的苇巷处，速度慢了下来，讲解人员说让大家尽情地观赏。

沙湖的芦苇，一片翠绿，高挑密实，芦荡的周边、大湖的深处，派生着无数错落有致的独立苇丛，一蓬蓬、一垛垛，迎风傲立，翠意撩人。透过摇曳的苇团，浑身透着江南绿意，彼此遥相呼应，向游人显示着绿、弥漫着绿，向高天流淌着绿、散发着绿。枝枝叶叶，争相把鲜嫩的绿涂染于湖水之中。

上岸后，便是一座高高的沙坡，起伏的沙丘凸显一种神韵。爬上沙山顶端，细看之下，三面环湖，一面连沙，恰似万里沙海中的一座美丽的沙岛。

湖润金沙，沙抱翠湖，恰似一幅山水图画。秋阳照耀下的沙山，

山里山外 散文集
唐毅 Shan li Shan wai

一片金黄与闪亮，每一堆、每一粒沙都像刚刚沐浴过、洗礼过，洁净清亮，没有杂石，不见杂草，无一处混浊，无一丝瑕疵。但见万顷沙海铺向天际，广阔而金黄的沙群，起起伏伏，逶逶迤迤，似海浪般波连波，浪打浪，荡向远处。这片由远沙涌成的沙山，因生于大漠深处，长于湖水之畔，远比其他沙群沙丘纯洁、明净、细腻。

我们一伙干脆脱掉鞋子，顺着沙丘行走。略微湿漉而有些烫热的沙粒穿过脚指头缝，掩过脚面，酥酥的，痒痒的，我们的身后留下一串串小沙窝。从没体会到赤脚踏沙是这样的清爽，有趣，没有丝毫拖泥带水的感觉。

走过骆驼群时，我和部里几个人相约骑了上去，在驼峰中寻找沙丘里的另一种快感。骆驼很迟钝，驼身散发出汗沙臭味，但这时的新奇感觉远远压倒一切。举目远望，一望无际的沙漠，碧波荡漾的湖水，沙连水、水连天，湖面上的浮台，奔跑在沙丘上的卡丁车、吉普、沙地摩托在远处穿梭。坐在驼峰之中，很是稳当，伴随着摇晃中驼铃的叮当声，从没有过的悠闲自得对于每两年来一次鲁家窑来说实属难得。

沙湖，就这样带着北方大漠的豪放粗犷，也蕴含着江南碧湖秀水的婉约秀美，天然的风光、恬静的物貌巧妙地融合在一起。柔沙似绸，湖水如海，天水一色，苇丛若画，镶嵌在宁夏平原，把沙、水、苇、山、鸟、鱼、荷等自然景观精心雕琢，成就一幅人间丹青画面。

走过的沙湖改变了我想象中的模式，像"空中开花"的拖靶一样难以忘怀，而那片地处戈壁深处的沙堆水海，更让人心醉。

戈壁深处

暑期已至，孩子们提出找个去处转转，我便开个玩笑说去沙漠上晒晒，早晚凉爽透顶，中午热他个底朝天。不想她们竟然非常乐意去那个地方。

我傻了！提起那鬼不下蛋的地方倒让我想起曾经在戈壁大漠的艰苦时日，虽然它平淡十足。

两年一次的实弹打靶，算是炮兵分队的一大盛事。因为必须到千里之外的戈壁深处去感受那份没有战火硝烟的激情浪漫。

走渭河老城上平板，三天两夜的铁路输送，到了Q城下平板后就改为摩托化行进，经过半天的行程便进入大峡湾，这时的行军如同蜗牛赛跑，时速被限定在10公里。走过Y县，N区，下午时分,车队和装备慢慢开进鲁镇。

正式进驻靶场后，天便黑了下来。

戈壁滩的夜，地表层涂上了一层黑墨，如千年锅底。打开指挥仪的测距镜遥看太空，放大32倍后的星星也不见长大，只是明亮了许多。闪烁的星空下是一圈模糊的地表轮廓线。火炮、营地、哨兵、帐篷里的磨牙呼噜声一齐淹没在漆漆黑夜之中。

清晨，各分队在一片此起彼伏的口号声中跑入阵地，快速脱掉炮衣折叠整齐，擦拭器材，整治炮位，垫压炮角，一切准备就绪后，百门大炮齐指苍穹待命而发，很是壮观。

阵地上忙得不亦乐乎，宿营地的留守人员也使出浑身解数整治前庭后院。各分队的帐篷不管延伸几千米，横竖总是一条线，有头脑的兄弟们绞尽脑汁地在门前拾掇出一些沙雕造型，种上骆驼草，摆出各类石子图案，做完这一切，营地便像个家了。因为是炮兵系统的年度大聚会，粉总得搽在脸面上，所以经过反复加工整理后的野战营地显得非常别致。

上午9点，阵地便开始了忙碌，射击前准备工作依次进行，标定射界、规正水平、检查瞄准线。炮班长们便成为阵地上最为活跃和神气的人物，在班长反复的调整中，班体验射击随后便开始了。飞机后面1000米处拖着红色布桶，这便是我们要瞄准打击的目标。到了五六公里处，便进入高炮的有效射击距离，一串串火舌飞出炮口的瞬间，阵地便被淹没在黄尘烟雾之中。若有空中开花，靶机便从空中抛下拖靶，自个儿飞离远去，阵地上的人们便开始分享胜利的喜悦。一个批次过去，下一个批次又飞了过来，阵地接着掀起一阵火炮怒吼。戈壁滩的天幕上绘出一幅幅烟火飞扬的美景，镶嵌着兵情汗水，在天、地、人之间纷飞交错，徐徐洒落在骆驼刺（草）里。

靶场休整，有时需要一周时间，沙地雕塑、板报评制、篝火晚会，马拉松式的赛歌，唱不咽气不住口。当兵的唱歌就是这，全凭吼，大漠便在震天雷响中颤抖。

空闲的时候，我们在老班长的带领下，提着战备锹，到处挖蝎子，偶尔还能掏回几只小刺猬，找来方便面的箱子，四周打上几个通气孔，放进刺猬和蝎子、小蜥蜴，一阵惨烈的对抗拼打，蝎子和蜥蜴终不是刺猬的对手。有时我们会把多余的蝎子用盐水泡过，扔进高度老白酒里，撤离靶场时一并带回，这便是自家酿造的"土药酒"，我们格外喜欢，到了周末，叫上几个没去靶场的弟兄一齐分享。虽然喝的是毒，辣的是口，烫热的却是心。

大漠深处的天气，说变就变，没得商量。有时一场大雨会持续三两日。天刚放晴之时，我们便抢抓机会，集体行动，探寻沙漠之宝。比如雨后的地耳，用清水漂过沙粒，盘成团块状置于车顶照晒半日，便成就了正宗的"发菜"。有兴趣了，走出营地二三里，便轻松挖回一堆堆甘草。需要枸杞时，给服务中心的买菜人员打个招呼，可捎回来各类包装完好的枸杞。这样，来自戈壁的土特产便齐备了。打靶归来，拿着这些"宝贝"送个人情，相互走访，稀罕至极。

饱受了烈日如火、狂风肆虐的折磨，偷喝老白干、挖蝎子、抓刺猬、揪甘草、寻遍沙漠翻腾着"三宝""五珍"，甚至溜达到旷野无人处扯破嗓子大吼一阵。如火的青春伴随着红色靶影穿过戈壁大漠，在风沙掩尘和闷罐车厢的晃悠中走过那年又那月。

戈壁深处的这种情结很难融化。有人说，干了这一行后悔好几年，不干这行，后悔一辈子。是不是实话，但我信。

重回老营房

离开部队大院快二十年了，始终没有再回去看看。偶然机会，领导提出联系部队让执法骨干们去参观一下，看内务和队列。适逢上面提出推行军事化管理，我便和原来搭过班子的老冯通了电话，请他给予调整安排。

老冯是我在部队最后一任的搭档，据后来的领导们讲，当时和他的配合在十三个党委班子里是最好的，所以这以后的几年，多把我俩如何配合密切作为教材，是不是真实的我也没必要再去追忆，但对老冯本人确实保留了许多记忆。老冯，甘肃敦煌人，军事素质相当出色，管理能力无可挑剔。他是我在营里任职时的第三位搭班，刚来时他是破格从连长岗位越级提升为营主管的，这样的提职并不常见，十几年或许有一两个，所以比较引人关注。领导也考虑他破格提升后开展工作的适应期，所以编配到我这儿，某种程度是相信我。我不能让领导失望，尽全力配合他的工作。两年后的事实证明，我们的默契程度出人意料，这可能是后来领导公认的理由吧。

我离开部队的几年间，部队干部调整得很迅速，老冯已任副旅长五年之久。所以在老部队安排这样的参观活动应该很好操作。我给老冯发了信息，商议不让部队接送，不座谈、不吃饭，看完要看的内容就走人。

老冯其实安排得相当周密，特意指定了我最后工作过的百炮营，并指定一个连队为我们做了连协同训练表演，最后看了内务、队列、后勤管理，还请连队主管向我介绍了各连队干部近几年的调整变化。

现在这个营里的营长、教导员特地陪我转到了后院，原来这里是家属院，以前的家属来队都被安排在这里，曾经有60多位来队家属陆续从这里走向全国各地。有过悲欢离合的她们不知现在都还好么？那年代的军嫂们确实憨厚朴实，对于爱人的工作全力支持，没有异心，有时想着既为她们感动，也深感愧疚，为我们当时只为工作，没有照顾好她们的家人。如今不论她们过得是否安好，我们却无法补偿她们所付出的一切。

走过炮库，我有些惊奇，这里的变化最大。我们在时，还是装备的59式100毫米高射炮，现在更换装备某新型导弹了，我心头为之一震。营区里的变化和社会一样，包括国际形势，谁主沉浮，已经不是当年煮酒能论出英雄的时代啊，风云乍变，真是一日千里啊。

营区的行道树还是当年那些法国梧桐，记得掉叶子的时候被战友敲个精光的枝丫，我不禁问几位年轻的军官们，现在还这样打扫卫生吗？他们不置可否地笑了起来，看来传统确实是传统，不会变的永远不变色，像枕头包里的六个一，针线包、挎包、饭盒，还有退伍时的三包一绿。

大门口的哨兵比过去装备精良得多了，荷枪实弹，连防弹背心都加穿在身，我想起曾经牺牲在哨位上的几位战友，如果他们没有发生那些意外，现在站在哨位上那该多么安全，这种威慑力也许是撼动一切的吧。

一首老歌一句话

有一阵子，营区突然流行跑步唱歌，开始感觉有些别扭，外面的人或者家属们都很看不惯，听不顺耳，因为那种节奏有些让人神经错乱。到后来，不知道是为了跑步调整唱歌节奏，还是为唱歌再来调整步伐了。

跑步能唱出歌并不难了，最流行的时候是《团结起来准备打仗》。这是歌名儿，也是全部的歌词，既是开头，也是结尾。歌曲来自那年北方的四级军事主管会上，一直流传到各部队。家属们听完后，不自觉地都会询问，你们当兵的不会唱歌么，吼来喊去只会这一句？

歌声嘹亮是对我们唱歌的赞誉，不是我们唱得好，唱得准，只是吼得响，听声音能吓倒人，听调子也能吓跑人，这就叫当兵的唱歌。后来一批作曲家便为我们创作了不少节奏明快，气势恢宏的歌，比如一二三四歌，东西南北兵，还有好多。简单、好学、好唱，所以我们都喜欢。

当兵的唱歌全凭吼，这已经不是新闻了。集合站队，那时讲究饭前一支歌，唱不响不许开饭。兴许是肚子饿了，急于进饭堂，饭前唱歌一般都比较响，新兵不偷懒，使劲儿地吼，脸涨得通红，脖子上暴起一道道青筋，震耳欲聋的响声吼得地皮颤抖，头皮发麻。

大型集会必唱歌，还要拉歌比赛。你一轮，他一回，如果在礼堂，几乎要把楼吼塌。领导会后还讲评，吼得不响挨批评！这叫士气，懂么？是，我们懂了，这真的就是士气。

当兵的唱歌爱走调，所以只会唱四二拍，最好是C调，别整降B啊，降E的，不跑莫斯科就拐海南岛，所以形成了定式，唱歌走路一个样，做人说话也不拐弯，后来，就有了当兵的"傻"。社会上曾经喊"傻大兵"，我们很不爱听，但一直被叫了许多年。

一句话的歌是来自一位军中元老提出的，他说：军人的价值就在于打仗，打不了仗的军队没有战斗力，战斗力靠的是团结，所以就有了这么一首《团结起来准备打仗》。流传到我们部队时，那时也没有仗可打了，有战略头脑的首长们就提出要提高战斗力，开始搞战斗力评估，于是军官的射击、体能，战术指挥，样样都抓得紧了。所以那几年年轻的干部不想在部队干，急着想走可走不了；老的不想走，转业到地方难适应。这种矛盾延续了好些年，直到我们离开部队，现在或许状况有所改变吧？

每天早晨起床号响后，兄弟们在一、二、三、四的口号声中便会唱响那首一句话的歌谣：团结起来，准备打仗，团结起来，准备打仗……歌声结束标志着早操结束，部队该开饭了。这一切都形成规律和固有的习惯，如果哪天没有听到这句老歌，便有些不适应，或者觉得那一日的工作秩序不正常了。

离开营区八年了，常想回去看看，因为那一句话的老歌依然回响耳畔，一直让人热血沸腾，勇往直前。

曾经被放弃的坚持

流水年华，岁月飞逝。看看又到年终，回首盘点，内心不免有些惶恐，感觉自己似乎一事无成。

市二级公路网化工程始于三年前，我们被抽调去做些项目管理工作。到大桥合龙、交验、锁定任务后，便撤离了工地。2013年的6月，我回到机关，除了准时按点上下班外，不再起早贪黑地挂牵工地。焦躁的心情舒缓了许多，便试图写点文字，可总觉得对生活的理解不够深刻，长时间的懒惰让人思想变得有些愚钝，对于时间的概念更是模棱两可。工余时间里我要么玩玩电脑，和80后、90后的年轻人"磨牙斗嘴"，要么纠集一帮伙计们聊天聚会，几乎没多少正事儿可干。对于写点文字的冲动心存顾虑，谁高大威猛谁卑微渺小，面对真实和虚伪是否应该保持沉默等等。心中没了目标就推三阻四，迟迟不愿动笔，诸多的思绪和种种打算在反复的踌躇中搁置了下来。

为了重新选择岗位，曾想自己去做点组织宣传工作，或许给单位能帮点小忙，但因人事尽满，没能如愿。几经思索后，觉得还是随遇而安吧，便想着去一个比较安静的地方，不再奢望什么，修身养性，或许更适合自己。

这时起，我浮躁的心境得以安定，无事时就想着写点文字，偶尔写点随笔心得，内心不再思索文字的数量或者出几本册子的志向，毕竟那些片言碎语已经业余得不能再业余了。

进入11月后的一天，偶然间，我参加了一次聚餐活动，省军区的老政委代表战友讲话，他引用的一句话很深很重地触动了我："成功的路上并不拥挤，只是能够坚持的人不多……"我的放弃和失败，失去恒心和毅力的状态，与这句话所指巧合。我不得不搜寻一下，看能否找到一些说服自己的理由。十五六岁时我就曾接受过新闻培训学习，以后为几位新闻干事或者报道员抄稿、校稿、发稿。虽然不是很得心应手，但还能勉强写点小稿子，时不时地也给几家报社送稿，那一阵儿总在期盼署有自己名字的"火柴盒""豆腐块"出现。每个年度军区报社也派编辑老师给我们搞培训，内容相当实用，方法却很要命，要求拼命地写稿，每天要坚持发稿，这样才有千分之几的上稿率。

我的放弃是因为泾河大桥工程报道中不恰当的用词。稿子是几位新闻干事写的，路基完工开始做路面施工时使用了"破土动工"这个词。《陕西日报》发了消息后，市民纷纷来信：已经建设两年多的项目怎么会再次破土动工？不得已登报致歉。

从此，我业余搞新闻的热情和冲动被彻底打垮，失误带来的阴影成为我远离新闻写作的理由，此后我便放弃了。后来也曾喜欢过小小说，在一家文学讲习所的指导中慢慢上道，偶尔练练笔，语言上有了一点养成，那分狂热没过几年也就淡化了，直到去了长沙政院学习才重新开始。

没有了坚持便有了距离，尽管说遥远会产生美，而对于我们"老转"（军转干部）来讲，距离往往是一种悲哀。有许多的沟、坎、线、圈是不能随意逾越的。做秘书的几年我只是偶尔应付一下单位的文字需求，离开原岗位后不再从事有关文字工作，在近八年的时光里消耗了自己的潜能，在放弃中迷失了方向。

　　其实成功的路上真的并不拥挤，只是能够坚持的人不多。我放弃了许多，有时真的也很希望时光能倒流，一切从头越。历史已不能假设，而自己的失意也正是因为放弃，没有了选择，放弃了努力，以至于无所成就。想起来也真是一种悲哀。虽然平淡的理念让我心安理得了许多，走过的山山水水，过去的流年岁月像影视片段一般让人追忆，但我不得不告诫自己要远离失落，必须学会坚持，这既是自己的教训，也是他人的经验。如果这源自生活的结语算2013年的收获，那它又何尝不是2014年的期望呢！

为"水"流泪

"吃水不忘挖井人"，小学课本里就有过这样的故事，饮水思源的故事让我们心存感恩，去理解生命，去解读人类和水的渊源。

行车走过关中环线，难免为路边靓丽的风景而叫好，除了分享那份难得的惬意之外，瞬间也会将我的回忆拉回数年以前。尤其是路过将军山下的那一段，虽然已经没有什么明显的地标，山下的那段引水渠并不像将军山黑河水库那么显而易见，但积存于心中的记忆和烙印足以让我回味黑河引水工程的那一阵儿。

城里缺水的那几年，电视广告中天天播放着××牌无塔自动上水器，城里人吃水日益紧张。似乎20世纪70年代以前出生的人都有过这种印象，缺水的恐慌折腾了好几年，家家户户后来都习惯了提着水桶，端着脸盆四处求水。所以那些年，不管老小，似乎都格外懂得生命之水的珍贵。

相对于古城几千年的历史文化而言，二十多年一晃而过，甚至是转眼间的工夫。然而，1992年为黑河引水工程奋战过的兄弟们却深知这二十多年的艰苦与漫长。从1990年8月石砭峪水库通过输水渠道向西安通水的那一刻起，黑河引水工程真正成了造福百万人的生命之源。

那年，1000多名战友兄弟在这里参与大规模的义务援建工程，像战场上一样完成了户县将军山攻坚战。十几米高的渠坝，靠人工一层

山里山外 散文集

唐毅 Shan li Shan Wai

层搭着台阶，一锹一锹，一阶一阶往上传递着翻挖土方，将军山上的"神仙土"真的很神。山上的石头更个性，都是大块头儿，平均十几平方米甚至几十平方米，纯粹靠人啃不动，搬不了，机械设备又进不来，我们的爆破水平远不及工兵和步兵那么专业，只好采用很土的老办法分步一块一块炸开，再一小块一小块地搬走。一天三班倒，轮换倒班工不停，没有白天没有黑夜，只要在工地，掉皮掉肉不掉队的口号就这样喊着，传递着勇气和体能，"坚持"是通用的关键词。

一年后，我们把一身的疲惫和辛酸洒在将军山上，把苦累和伤痛留在618所的大楼里，木然返回营地。那时真不知道天是什么样的颜色，云还在不在！那段时光似乎在刻意印证：古有愚公能移山，今有人工挖黑河。有没有感动上帝不得而知，但这段往事，时常在脑海中闪现，像脑门上涂抹了醒脑药水一般，刺激着我的神经。

同学侯和杰的腰部都有严重的毛病，就是在那时落下的根儿。离开黑河的日子，我们曾坐在一起回忆往事，杰异常激动：二十多年前干的最窝火的事儿是在猫耳洞里打看不见的鬼子（越战），最脏的是整天泡在护城河的黑泥里，最累的就是差点死在将军山。如果再喝上几杯小酒，他会满脸通红，声泪俱下，满腔真诚。太过动情时，让我们都为之伤神。想想的确也是，那个年代的我们，真的这样付出过。问他俩，悔不？累不？侯倒下半碗酒，顺着喉咙灌下去。值啊，哥儿们！如果咱不去捯饬那水渠，别人也会去，幸好是咱干了，现在喝着自己挖过来的水，底气足，腰板硬。

古城不再缺水了，后来的二期又修了黑河水库，如今古城以东、以北的几个区县都用上了黑河水。

在有水的日子里，市上一位老书记去了部队，这是欢送黑河施工老兵要走的季节，礼堂里开着大会。老书记说，1200余名官兵参加黑河引水工程，600多人腰肌劳损，近百人劳累过度，受伤住院（事实上两三年后还有30多人在陆续住院）……书记在主席台上有些控制不住，掏出手帕，反复擦掉流淌在脸颊上的泪水。书记后来站起来向战友们鞠着躬说，他是替几百万古城人民流泪！

很久以后，老政委要调任其他部队，临走时，他反复陈述在云南前线、护城河、挖黑河的日子，无法忘记却又带不走这份记忆，提出把黑河施工这段故事补充写进向军旗告别仪式的誓词里，让参与援建工程的老兵们把它带回老家，留在对军营生活的记忆中！后来我和阳子给政治部提交了誓词中的一段内容，76个字我俩反复推敲修改了10天。

鲜艳的军旗下，列队整齐的老兵摘掉了肩章领花，没有了军衔的他们在军歌声中举着右拳：将军山下，挥汗如雨……宣誓的老兵，个个脸上闪着泪光！

星城梅雨

传说长沙因长沙星而命名，故称星城。那年我便在长沙迎来了入校后的第一个绵绵雨季。

我不知道南方的雨应该是个什么模样，而星城之雨总带着一丝惆怅，轻轻地、悄悄地走来，黏黏地贴在脸上，柔柔地飘在空中，缺少北方骤雨的那种爽朗、麻利。同学小郭告诉我，这便是梅雨。一个爱所不及，恨而不能的雨季就这样淌进了我的生活。

漫漫雨季，每天经受着雨水的洗礼，人似乎被装进了潮湿的大闷罐，异常压抑。整个天空也被蒙上了大灰布，沉闷不堪。

雨缠绕久了，曾在北方旱晒已久的心绪变得难以安静，平添了几分无奈与烦躁，渴望阳光灿烂的心情便跌至谷底，似浸满雾水一般，湿漉漉的。

第一次感受梅雨，心情便被搅成一团乱麻，早先不曾想过的诸多问题便涌上心头，考试、放假、工资、娇妻小女，能想的却没有了心思，不该想的却一串一堆地往外冒，不守安分的思绪就这么随着梅雨弥漫。

雨，淅淅沥沥，飘飘洒洒，没完没了地下。天空飘动的雨云，屋檐下挂着的雨丝，树叶上滴落的雨星，一齐喷溅在心坎上，飘散在记忆里。

通往教学楼的林荫道上，飘动着一行一列的雨伞，看去仿佛一道道靓丽的雨韵街景。进了教室，人便得以安心，窗外的风声、雨声似乎远离了课本。忽然没有了梅雨的滴答，人倒觉得少了什么，便不时转过头去，探寻窗外的雨季。

　　梅雨带来的厌嫌令人头疼。床下的皮鞋总是一天天发霉长毛，打刷后却变得软乎乎、潮兮兮的，没了原有的外形。雨滴亲吻过的衣服带着霉味黏在身上，有些不爽。心中便暗暗诅咒不识趣的"霉雨"，为何不能歇歇脚。在这个季节，个人的日用品及衣物、所有的花草林木甚至每一滴空气都被梅雨抚弄得潮湿不堪，整个长沙城时不时地也会被雨水泡个透彻。危急时刻，学院会组织我们和其他队的学员不分昼夜地守候在东塘一带抢险救灾。

　　忙过了头，人就想着有一个松泛的时刻，我们总想在梅雨中寻找一丝清闲和自在，而此时的三湘大地却偏偏开始了忙碌。"忙种忙忙栽，夏至谷怀胎"，陕南老家此时也少不了这样的景象。"豌豆布谷！"——布谷鸟催着叫着落谷插秧，"蚕事正忙农事急，不知春色为谁妍！"在歇歇停停的雨水中，远处的沟坎弯坡和一片片水田里处处飘动着红红绿绿的雨衣、雨披，农家人尽情地沐浴在飘洒而至的夏雨中。

　　雨下得久了，人便期待着晴好天气的到来，倘若傍晚之前能看见如火夕阳，大伙儿便奔走相告，明日天会放晴。"太阳晚照，明日一定晒得鬼叫。"于是，早上雄鸡尚未报晓，城里的住户忙着"晒霉"，城外的村寨院落也便早早叫醒，男女老少，各行其是，世界变得不亦乐乎。扫场晒粮，采桑喂蚕，放水晒田，锄草施肥。田野里、桑园中、场院内、街道上，到处一片欢声笑语。难怪人说："人间少闲日，五月事倍忙。"

　　星城的雨季，也曾带给我们激荡人心的时候。香港回归的马拉松长跑仪式也到了长沙，小雨陪伴我们经历了几千米的慢跑传递。在贺龙体育馆的交接仪式上，有成龙、刘德华、梁小龙、侯跃文等诸多人士。场中的五星红旗和紫荆花带着我们一起沸腾，在激情飞扬的那一刻，脑子里尽数传承着百年沧桑的画卷。

这瞬间即逝的片段，过去多少时日，却仍然印象深刻，是因为曾在梅雨之中走过一程。

农历六月初六，"出梅"的时刻到了，这一天据说是"龙晒衣"的日子。于是，我们便翻箱倒柜，把潮湿发霉的衣服、被褥、鞋子、还有购置的闲书拿出来晾晒。等整理收拾停当，返乡度暑的假期便来临了。

星城梅雨，浓缩了我的梦想，把几十年的风雨坎坷都融进了我的记忆。岁岁曾相似，年年又重来，总难抹去藏在心海深处的江南梅雨。

又是一年中秋时

又到了一年中秋月圆的时候，虽已离开了军营，但思念的情绪一样浓烈无比。那些尘封已久的记忆，到了中秋，变得活跃起来。盘算过去的时光，仿佛是转眼间，春去秋来，一年的工夫就这样渐行渐远。大街小巷、店铺商场里，花团锦簇、琳琅满目的月饼，弥漫着浓浓的中秋味道。

小时候，每逢中秋临近，当皎洁的月亮爬过树梢立在屋顶时，深邃的天空澄澈透明，往日的繁星似有若无，亮汪汪的月光如水地洒落在农家宽敞的院落里，亮如白昼。家家户户搬出自家方桌，放上大盘月饼，我们便一拥而上。老人们便不许哄抢打闹，一边拍打着我们的小手一边轰着散开，再挨着一人一个发着月饼。吃过月饼糖果，外公便让我们几个并排坐在他面前的小凳上，讲着后羿射日和嫦娥奔月的故事，说月亮里的白色人影儿就是嫦娥，脚下还有一只小兔子陪着她。我们要指着月亮问哪是嫦娥时，外公便吼着不能指，指了月亮它会在半夜下来割耳朵的，如果不信，睡着了真会被它割开一道口子，不到下月月圆就不见好。我们小时候时常耳朵后烂道血口子，痒痛不已，非得个把月才能好转。打儿时起对月亮神敬畏到了极点。

其实到部队的中秋节日，那就一个想家，没有月亮想，看到月亮就想得更加厉害。老兵或者干部们说我们想家了，尽力地组织茶话

山里山外 散文集

唐毅 Shan li Shan wai

会，赏月赛诗会，把我们的思念消解在中秋之夜的营区里。参与着集体娱乐，可在心底里始终有着一个角落，悄悄地遥想曾经的那个中秋，想着老家的月亮，想着外婆分开的那一半月饼。

中秋月圆的军营，特殊的岁月里总有更难解开的情结，便是思念。曾经无数次地思念故土、亲人、友人，一种浓郁的温情总是把这最美的时刻呼唤和挽留，所以对于那年那月的中秋节，在心灵的深处形成了"千古中秋月难圆"的烙印。

在连队的日子里，有几个年头的中秋是在外度过，一个人默默承受孤独和无奈，有些残忍。可是看着、想着彼此一样在外的弟兄们，虽然远离家乡，想着家里人一定很快乐，有了这样的心态，便寻求到了一种慰藉或者平衡。

后来，老兵们陆陆续续地走了，新兵一批一批地走了进来。一到中秋之夜，又和我当初一样，为了帮助他们找回失落的月亮，陪着他们度过一个一个的中秋。

在长沙学习时，中秋节最大的可能只是和队里几个同学一起聊聊天，交交心，调整一下沉闷的心情。中秋想念是我们干部学员唯一的事情，因为多数都已有家有口了，晚上应约站在磁卡电话机边等着。因为过节，队里特许可以晚睡一个小时，电话那头是老婆，这头是我，后面同学排着长长的队伍。拨通家里的电话，我平静地说着，玩得很好，玩得很开心，挂上电话，眼泪不知不觉地流下来。我只是孤单，并不是寂寞，只是我牵挂的亲人朋友刚好不在这个城市而已，远方，有思念的人，而这里，孤单是暂时的。

不管什么时候，一个人的中秋总是要过的，或许此刻还有人记得我，不管是谁，也就很知足了。看着夜空中明月和暗淡的云斗争，果然像极了在城市打拼的人。

铁打的营盘流水的兵，各散五方以后，再聚首，却很难，甚至是没有可能，所以总想千方百计地联系一起经历过月缺月圆的兄弟。多少时日里，只能伫立在思念的尽头，无法找回遗失的过往。只好把流失的日子装订成册，记下那些青春的封面，让时光去见证和诠释。

时至今日，又是一个令人思念的日子。一直在外奔波，为了适应那灯红酒绿，希望在繁华闹市可以找到属于我们自己的天空，磨砺许久才发现，终于回到了自己的原点。而每一个节日里，还是因为一些事情不能陪在家人的身边，仍是一个电话，一句简短的问候，心里仍是一种空落的感觉。

有时想想，一个人的中秋难免孤单，其实月亮也同样孤单，此时也许有无数的人正在仰望着她，难免都会有些孤独吧。或许，中秋的意义不在于要我们如何懂得去思念，而在于警示我，要珍惜每一刻，与周围的人，与朋友，与社会共处……

中秋的夜，多少有些许寒意，感受了许多年的"每逢佳节倍思亲"，从来没有悟到心里去，现在竟然也慢慢体会到了，心绪渐渐低落。本来以为会渐渐习惯不能与家人团聚的寂寞，以为会渐渐习惯这样的生活这样的中秋节。

数年来，多少功名利禄、患得患失都随岁月烟消云散，不改的是中秋，年年如期而至，依旧的是明月。古人认为月亮能传情，地理上的路途遥远，经过月亮的传递，在心理上近在咫尺。

我也想重复一句："但愿人长久，千里共婵娟。"

忆军训

　　刚兴起军训的年代，我们也曾有过，那段亲历仍然记忆犹新。现在大专院校的新生入校后可能都会组织军训，这个过程说起来和部队新训差不多，相当于"炼钢""打铁"。我在西安的第一次军训是为"西军电"（西安电子科技大学）的新生军训，军训团由西工大和西军电两所院校的新生组成。训练组织由集团军炮兵指挥部负责。由于第一次对外搞军训，我本人还是"新兵蛋子"，要去训练他人，心中忐忑，紧张程度不言而喻，尤其是面对当时和我同龄的那帮大学生。

　　给学生军训时，我们都"官"升一级，班长当排长，排长任连长，我要训练的对象是"西军电"五系的女生，年龄和我差不多，我16岁，她们十七八岁。但她们是骄子，学习成绩顶呱呱，有不少人高考的数学、英语、理化得满分。接触到她们时我心里直抽抽，钦佩的同时暗骂自己的混蛋学业。

　　军训开始，她们叫我排长。系里给我配一名女辅导员，主要是管理女生们的生活；正常操课训练、集会、就餐列队、集体活动由我负责；学生走进教室后就交给老师管理。三方责任分工很明确。

　　开始的两天，我要用心熟记每个女生的名字，每次点名和讲评工作都要凭记忆，有些女生的名字虽然很别致，高雅有格调，但并不太好记忆，只能利用就餐和训练休息时询问她们的班长和辅导员以加深印象。偶尔遇到她们说去"一号"、肚子疼、不舒服什么的就不能多问，一不小心会出现差错，她们就死命地笑，虽然不是恶意，却非常尴尬。所以超出训练以外的一切我必须牢记保密守则：不该知道的绝对不问。

正式训练就要面对学生了，原本简单的队列训练在她们这儿进行得不太正常，屡禁不止的笑声、私下的唏嘘嘀咕、打闹拉扯等小动作都和队列要求格格不入，一时半会儿很难调教。开始训练时，多数还爱偷懒，你喊口令，讲要领，她们却不一定按要求去做。还有一些动作更难定型，做出来的样子娇柔无力，反复纠正也不一定改正。也有故意调皮的，为引起对她的关注度，或是故意做错，等你纠正时反挠你手心逗着玩……因为面对的是学生，训练过程的严肃性大打折扣就不足为怪了。

酷暑季节的古城，天气异常炎热，地表面的热浪几乎让人窒息。烈日暴晒下的学生在训练场上通常是汗水湿透衣背，偶尔会晕倒，但她们表现得很坚强，绝不轻易退出。在她们的潜意识里，要和真正的军人一样接受锻炼。

轻武器的实弹射击，是多少人梦寐以求的，没摸过真枪的人都想打枪。但实际的轻武器训练对于女学生来讲却糟糕透顶，调查的结果是她们中间有多半以上的人不敢打枪。训练开始后她们倒也很专心，只是不能坚持，三点一线的瞄准练习不到几分钟就会放弃，一周后，效果很差。有位辽宁的女生给我的印象最不安分，训练场上总跷着小腿乱晃悠，还扯着嗓子喊报告，问："有事？"竟然回答："没事，排长你就守在这里陪我聊天，不然我瞄不准，你要走了我就不瞄了。"虽然哭笑不得也只能是干瞪眼，接下来另一边又会传来报告声，去了再接受几句批评："你偏心眼儿啊，为什么只看她们训练，不管我们啊！"话音落地，这边又有人喊报告。我就这样来回奔跑，还必须聆听所有人的批评意见。训练场上的学生就那么淘，那么多事儿，我那时才真正明白学生只能走进课堂，训练场不是她们的战场！

后来学院武装部组织在省军区的靶场实弹射击，出人意料的成绩令我惊讶，调皮的学生往往会出类拔萃，有位女生5发考核弹打出了50环，当然，整个军训团不只她一个，军训结束时评出的"神枪手"都是50环的成绩。

军训最后的一周是进行分列式训练。我们在电视中看到的是大型阅兵式中专业的阅兵式和分列式，在学生中要完成这一部分内容，实属不易。老早的正步训练分为七步，一、二步的原地摆臂和踢腿练习，枯燥无味；后边的一步一动、一步两动和抱腹踢腿让这帮女学生备感痛苦，胳膊疼痛，双腿肿胀，连续训练后站立、走路似乎都受影响。后来这支小方队被混编为女生持枪方队，为军训总结表彰大会做了汇报表演。

学生的军训，过程相当苦涩，虽然短暂，却有过许多辛酸劳累，20世纪末的校园生活有着和现在不同的精彩和快乐，回味时光更加难忘。参加军训的学生后来在信中这样告诉我：虽然只有一月半的军训，对于她们来讲是刻骨铭心的，这是她们前所未有的经历，或许今生只此一次，而且在刚刚步入成人行列的年龄段，有其充分的理由让人难忘。

离别的车站

每年进入春运时，我便站在站台上，列车启动的那一刹那，泪水模糊了我的双眼，笛声长鸣，列车的影子渐渐远去。

想着家中的妻子，为了家她付出了所有，为了我和女儿衣食无忧，默默地承受着一切。不论多苦多累都不怕，尽一家之主的责任，付出再多都无怨无悔……

长长的站台，寂寞的等待。车站，是回家的起点，也是离别的开始，当然也有相聚的感叹，多数人似乎都不太喜欢这个地方。

每年的春运带给人的是焦虑匆忙，更多的是渴望，毕竟有年的召唤和亲情的期盼。给我们留下的苦恼却是有家难回，一切成为奢望，这种纠结持续了好多年，因为年年都会到火车站执勤。

置身离别的惆怅，回眸挥手的那一瞬，空荡荡的站台上，我不愿挪动灌铅的脚步，久久凝视列车驶去的方向。

离别的车站虽然充满感伤，但也有着许许多多令人感动的画面，因为有我们的存在。站台之上，儿行千里母担忧。孩子要走了，母亲千叮咛万嘱咐。想想年幼的我们时常埋怨甚至讨厌父母的唠叨，总觉得太过啰唆、颇烦。离别的车站却有着亲人间至真至爱的感情流露，"临行密密缝，意恐迟迟归！"

曾经多少次的车站离别，男孩与女孩你不愿她不舍的，因为不知

山里山外 散文集
唐毅 Shan li Shan wai

何时他们才能再见面。紧拉住双手不舍得放开，女孩充满泪水的眼睛深情地望着男孩。男孩带着无限的感伤低沉地说："我会想你的……"车站里时常这样演绎着离别的伤感。车站，多年没见的朋友，兴奋得相拥一起，万千话语不知从何说起。相聚的时间总是很短暂，离别的时刻，让彼此珍重。离别的车站，闪现一份真挚，知音难觅。有了离别，就更加珍视友情，就如李白笔下所写："桃花潭水深千尺，不及汪伦送我情。"

"当你紧紧握住我的手，再三说着珍重珍重，当你深深看着我的眼，再三说着别送别送……"这是我喜欢的孙露演唱的《离别的车站》。不喜欢让家人送别，一个人的漂泊，一个人的流浪，不想让年迈的父母为自己牵肠挂肚。

离别的车站多数时候是一种等待，是一个漫长的过程，在等什么？谁也不知道，也许根本没有结果，可是有希望总是要等的。离别的车站每天都在上演，可有谁能真正地等待……"千言万语还来不及说，我的泪早已泛滥，何时列车能够把你载回，我在这儿痴痴地看……"

春运开始，我们便回到进站口维持秩序，广场巡逻执勤会很辛苦，而且还会有危险。但是，我们表现出来的更多的是兴奋，四个字，迫不及待。

在执勤的日子里，会看到更多的面孔，熟悉更多的表情，明白许多以前怎么也搞不明白的事情。能够更为深刻地感受人情冷暖，品尝了春运执勤给我们带来的酸甜苦辣。回家是春运给我感触最多的两个字，带给所有人的是无奈与惆怅。或许，平时自己根本不在意这两个字——回家，却让所有人归心似箭。事实上，回家的路好难。

"黄牛"便是在即将离别的车站里的疯狂一族，这种近似异类的黑鬼有时也显得异常神奇，各种门道都有他们，来之不易的卧铺，紧缺线路无票，这伙人都会应客人需求，拿到你想要的那一张，价格飙升为天价，翻一番、翻两番的黑心价随处可见。那些年，靠山吃山，靠水吃水的行当无处不在，苍蝇真的就这样盯着有缝隙的蛋。

天天守候在候车大厅入口处，目送一批又一批的过往旅客人流，有大包小包的东西，拖家带口的难场，匆忙失措的神色，被挤来拥去的疲惫，焦急慌乱中总怕赶不上回家的车。有风，有雨，有雪，无休止的寒冷更会无情地摧打着他们。

在火车时代，我分明感觉那不是春天，而是告别冬天的冬天。静静地站在执勤的岗位上，默默地望着他们回家的背影，心里有一股莫名的暖流，好希望他们能快点回到家，去和他们的亲人团聚。自己也突然想家了。

家，都能够感觉到好温暖，好温暖。以后，我一定会好好地感受家的含义，更好地去呵护家人，尽自己最大的努力，给她们幸福。辛苦了，谢谢你们。这是我在执勤时听到过的最多的一句话，普通而简单的话。春运结束的那一天，我们也要回家了，终于，可以回家。

回家的路上一切都很灿烂，有快乐，有兴奋，亦很激动，终于可以一样去感受家的温暖。

春运执勤，永远的怀念。在这里学会了用一生去珍爱和对他人的感恩。

节日里的感动

"八一"这一天，神圣而充满激情，每年的这时都是一种期待，一种守候！这一天里，无须明示，都会在热切地盼望中度过，即使忙碌之中，也会腾出一丝空间去等候节日的问候或者感情的呼唤。相聚时，虽然每次都是对酒当歌，重温过去的岁月，但一种少有的真情实意的确难以寻找。聚首之间，不问世事，只叙往昔！尽管有时不胜酒力，友情的感召力又总是难以拒绝，有时也为几声老班长、老战友的称呼而泪湿衣襟。

虽然在时间上与奔赴前线擦肩而过，没有经历硝烟弥漫、浴血沙场的洗礼，但和过往数年的兄弟们一起摸爬滚打、同甘共苦，那也是一生难忘。虽然在10年以后，每每想起很多的一次次不经意的情节，还是一样感受非凡，刻骨铭心。

不太容易忘却的，多是新兵训练的第一次，大家围坐一起，互相交流做错动作的羞愧，相互鼓劲儿加油，在安慰中寻求平衡。有时也会再细述当年偷偷躲进厕所被烟熏雾绕的感觉。提起第一次紧急集合的丢三落四，第一次队列训练时的百态洋相，第一次站哨回来走错房间。军营里八怪九怪的事儿，虽然已经过去几年、几十年，还是一样的记忆犹新。"当兵后悔三年，不当兵后悔一辈子"，当过兵的人都会发出这样的感慨。

当过兵的人说话不拐弯，和走路一样，直来直去。爆粗口时的野性始终难改。曾经的"新兵蛋子"的帽子不到两年摘不掉，后来慢慢地也在潜移默化中进化了，堪称有过之而无不及，我们也会凶巴巴地吼着比我们还新的兄弟。就在这样的吼叫笑骂中成长，一批批地把新兵吼成老兵。也许有了这种粗糙的直白率真，才算真正的军人，才有了豪情奔放、豁达直率的个性，用最直接、最狂热的表达方式，体现自己最能理解的情感。

有一句话说："好汉不提当年勇。"但有许多真实的故事时隔多年后仍然感动着自己。那年蓝田县森林着火，火光映红了半边天，几面山成了一片火的海洋；西合光缆施工，商南山道沟边，打满血泡的双手；春运的车站，惜惜相别……各种情景深印于脑海中，历历在目，挥之不去。都说男儿有泪不轻弹，却又无数次地泪水打湿衣襟。

虽然这是一场没有硝烟的战争，但仍然经受着生与死的严峻考验，来回穿梭在这汹涌激流的浪涛之中，没有恐惧和临阵退缩。用自己的忠诚书写的人生，虽不能载入史册，却被虚伪险恶的人情世故埋没于历史的长河。

人生一世，草木一秋。时隔多年，每每忆起，感动之余，我心彷徨！浓缩于"八一"节日里的问候，深过海，高过山，把一切融入久远的记忆深处，那便是一种感动。

缘起西三线

从零开始，走到今天，不是奇迹，但也不仅仅是一组数字那么简单。纵横三秦，连接东西，跨越南北，数千年的历史文化浓缩在人们的脚下。这是迄今为止陕西高速公路发展变化给人们的感觉。所以，当面对大自然或者看到由远及近的无限风光时，不得不想到路在延伸，3000公里应该是梦想的起点。

1988年因为修路——西三一级公路，就是现在的西铜高速，我们去了，但不是修路，只是帮助省路桥公司守桥。那年还因为我命大，八班副从漩涡边缘抓住了我，很悬。救我的班副是绥德人。是不是陕西人都知道"米脂的婆姨绥德的汉"？米脂的婆姨漂亮到什么程度，我没见过。绥德的汉救过我，所以我深深地记得。

那年8月，我们刚从宝鸡凤翔的秦公一号大墓撤下来，300多人就为修路守桥，来到西三线经过的永乐店一带，主要任务是看守即将建成的泾河大桥。工程队的师傅们说，这地方属于高陵、泾阳、三原交界地带，也可以说"三不管"，民风虽然淳朴，但村子里的闲人二流子倒是不少，总会变出不少花样来为难施工队，毕竟在人家的地盘上。祖辈几代没走过什么大马路的农民还不太明白家门口修这么宽的大路干什么，那时的车少得真叫可怜，整天呼呼开着乱跑的私家车几乎没有。所以平日里那些大叔大婶们对解放军很友好，但涉及新修的路桥时就有些话难说，事难办了，还要勉强地搞出诸多理由和我们理论。所以，大凡有项目建设或者拆迁区域，军政军民关系会变得比较糟糕。

桥梁主体已经合龙，桥面的铺设工序还没正式做，不能通车。所以我们要非常严厉地挡住所有机动车，不许上桥，这就是我们的主要任务。到了晚上我们的巡逻警戒任务就更加重要，得提防小偷盗取工地的材料。他们惯用的手法是趁着天黑时分从桥上把长长的方木扔进河里，下游专人守候捞上岸再扛回各自的家，驻地村民就这样和我们捉迷藏。

我们和工程二队驻桥南，再往南是机械站，桥北是工程一队。他们是专家，我们是外行，执勤巡逻，站岗放哨是我们的强项，因此，我们便干着当兵的老本行。所以我们的工作技术含量等于一，但责任绝对大于九。

深秋季节，泾河、渭河河道风很大，桥头哨兵必须穿大衣，住宿工棚周围，经常尘土飞扬。偶尔早上会有大雾，弥漫着大桥南北，看不见河滩地的踪影。

我们的居住地距永乐店火车站只有两公里，步行20多分钟即可到达。工闲之余，我们也会买上两块五的车票，搭早上10点半的火车到西安，下午5点再乘坐原车返回工地，这在那时是比较潇洒很让人羡慕的事儿。

就是那年的那个地方，发生了和我生命攸关的意外。

10月中旬的某日晚饭前，桥上传来一阵呼喊，抓小偷。远远便看见河北岸三五个执勤的战友追着小偷往河边的沙滩跑过来，工棚里冲出来几个班的战士，跳下河堤，扑向河滩。

我也跟着大队人马跳下了护坡，远远望见靠下游地方是很窄的河道，可能两三步便能跨过去，从前面可以直接截住小偷，我离开大队人马往最窄的河道飞奔而去。

[山里山外 散文集]

唐毅 Shan li Shan wai

前脚一下水，我才知道坏了，河床是光光的硬泥底子，一个前栽便被急流冲进了河道。河滩上似乎有人喊：文书被水冲走了！随着喊声已经有十多个人跳入急流游了过来。离我最近的是汪班长，但我前面50米左右是截流筑起来的石河堤，在那儿形成了巨大涡流，我可能会被卷入直至吞没。

我最终还是被卷进了漩涡，可能就在那几秒钟的关键时刻，我被汪班长抓住后背拽上了河滩。从我下河到被送回工棚，紧张的十多分钟，而我在分秒之间走了一回生死路。

这一幕印在脑海中，在黄河中游泳长大的汪班长可能不会觉得怎么样。后来说起这事，他只是说最怕的是那天看不见我在哪儿，当时在水里他也很紧张，因为找人的希望是争分夺秒。

风平浪静后，我们照常和乱拿工地东西的闲人盲流们捉迷藏，拉锯式的战役持续了一年零三个月，没等正式通车，我们便撤回营区。临走前，路桥公司专门举办了一场曲艺晚会，一位说陕西快书的刘老先生板子打得格外流畅，花点儿多半在头上敲出来的，发亮的脑门儿闪现出他毕生的艺术追求和造诣。

到该走的时候，我们却有些舍不得了，因为交通人的工作和部队生活有几分相似，营盘如铁兵流水，工人师傅们完成这个标段就得换另一个地方，继续重复昨天的故事。路通东西，桥走南北，路桥工人的脚步走着一二一，踏着节奏，走出豪迈，实践着3000公里的高速梦。

回到宝鸡和驻守临潼的几年间，并没想过什么时候会有高速路，或许会要很长的时间。突然有一天，西临高速通车了，第一次在家门口感受到了高速公路的惬意。如梦似幻的迅猛发展，西汉高速将我带回陕南，十天高速送我走进家门。这一切似乎不可思议，突如其来的变化更让我回想起西三公路执勤守桥，冥冥之中早已注定，也许是一种缘，而历史的光华似乎只在一瞬间。

城河往事

晨间，散步走过护城河，或是站在某处观望，但见河岸绿树成荫，花草丛生，河水流淌。环城公园里，谈者、笑者、行者、歌者、舞者，休闲人生尽若体现。眼瞅护城河水、河堤、绿树、花草交织，这一切都太熟悉了，曾经在河道里留下过我们的足印，虽然今生可能只此一回。

元月底，我们奉命开进护城河工地接替兄弟单位清淤，这是一趟非比寻常的苦差。我们和随行的大队人马进驻含光门里甜水井，被安排在一家非常宽大的地下停车场。甜水井的名字似乎在提醒我们要把护城河变得清澈透底，又像在刻意说明它与护城河黑水污泥的反差，也似乎在告诉我们护城河难以改变的现状和不容乐观的前景。

护城河曾在20世纪80年代有过一次大的清淤，但因为排污问题没有解决，清淤不彻底，这次特意加强改造河道排污设施，从根本上完成护城河的综合治理。

我们清淤的第一个点是西南城墙角。搭好升降塔吊的架位后，再往河道中间延伸着搭建出一条模板通道，基本设施算到位了。接下来开始抽污水，上面的污水抽完后，漂浮的黑糊污泥由我们装入编织袋或者用桶、脸盆一桶一盆地倒进手推车里，另一组人把车推到塔吊架位的平板上，吊上岸后倒入自卸车运走，一次流程作业大概耗时40分

山里山外 散文集

唐毅 Shan li Shan wai

钟左右。

已经干涸的河段或者是抽完污水被阳光照射了几天后，黑泥全部板结，我们可以直接下到河底，一锨一锨地铲进手推车里，如此反复作业。在淤泥里，尽管我们穿着防水衣裤和高筒雨鞋，但冬天手脚麻木，夏天污水浸泡后手烂、脚烂是常见的。我们与护城河臭气相融，那段日子事实上就这么艰难，除了看到的是黑泥，触摸到的是脏水，闻着的是恶臭以外，溅到皮肤上白一片，洗掉后留下点点红，过两天掉层皮，这种被淤泥黑水异化的过程直到清淤结束。

第二批任务转到了小南门，后来是和平门、小北门、火车站、朝阳门。每一站重复着一样的工序，用加法计算运送出去的淤泥量，减法运算城河里的淤泥一段段减少，直到河床底部完全显露出来。

工地最热闹的时候是春节，时任市委及城建委相关领导在小南门为我们包年夜饺子，也许是在这样特殊的环境中，我们都很受鼓舞。还有很多部门、企业、公司、学校、社区相继来到工地看望慰问我们，有大叔、阿姨、爷爷奶奶拿着鸡蛋、水果、手套、洗浴用品送到工地，生拉硬扯甚至流着眼泪也要把东西给到我们手里，否则坚决不离开。热情的人们留下的不仅是爱心，还给我们留下深深的感动，也除却了我们心中的苦累和怨气。虽然有关价值观教育在我们的大脑中根深蒂固，但牺牲奉献无私到了一定程度也会有所迷失，我们必须去调整战友心中的那些会倾斜的杠杆，他们比我们更年轻，吃苦受累也更多。所以，后来走出护城河后相当长的时间里，我们的心愿维系在渴望人们能够珍爱清淤成果，保持城河清洁常绿。所以前不久网曝有战友来到东门护城河畔痛哭，我们理解，看到护城河现在的样子是很痛心！

悲伤的是在清淤将结束时，我们接到通报，工兵团的一位战友牺牲了，这是在护城河工地牺牲的唯一一位战士，年轻的生命把悲壮留给了这座城市和护城河。

　　7月底，是我们离开护城河工地的日子。南门广场人如云集，欢送仪式很隆重，气氛热烈，我和其他十几个干部代表站在队伍前列，接受小朋友献花敬礼，在广场上等候仪式结束。陈副旅长走下主席台，把我拉出队列，让我代表清淤官兵接受两家广播电台的现场采访。现场西北角的采访区已经准备了三四部手机等我，被采访的话题围绕清淤的基本情况、工程量和感受，身边的逸闻趣事。采访时间持续了很久，当时连队有位青海籍的战士李明在323医院住院，听到我的声音后乘车赶到现场我还在接受采访。

　　在护城河施工时，我们真的很累，感觉很苦，看到的东西很脏、很恶心，经历过了以后就会有更多的感慨，古城墙的百年沧桑和现代城市文明尽在于此。有许多人可能只想着悠闲娱乐，享受绿色和阳光，但却不懂得去维护，环保概念的极度淡漠使得大都市人的素养和城市形象大打折扣。

　　我们难以想象的是苦累不堪的劳动换来的清亮洁净没能维持多久，很快又开始它的混浊污黑时代，尽管我们曾渴望河水常清，绿色永存。我的眼前总闪现兄弟们在黑泥中的身影，还有工兵团牺牲的那位战友。当看见河边有人把杂物扔进城河的瞬间，突然会有一种把他也扔下去的冲动。这个城市应该用心去维护，护城河也许真的应该像女人佩戴的一条项链，尽管那只是一抹绿和几处水。

伤离别

冬日的火车站广场，人群依然吵吵嚷嚷，来回穿梭，中间的开阔地段早已拉上了数道隔离线，原来开始走老兵了。老兵复员的往事历历在目，浮现眼前。

其实这阵子部队才刚刚换上冬装，退伍老兵工作会议已在礼堂拉开帷幕，礼堂外的操场上军务人员整理完部队，大家便依次入场，报告，坐下，唱歌，拉歌，集会的程序一切照旧。随后便会响起军乐队奏出的歌曲，曲调已没有了往日的雄壮浩荡，会场内鸦雀无声，只有首长低沉的讲话在回荡。

回到营里，各连依次按照统一部署，再次动员，此时兄弟们的心情既失落又激动，失落的是要离开朝夕相处的战友，激动的是他们就要和家人团聚。

都说"老兵复员，新兵过年"。因为在接下来的几天，除了一日生活制度外，老兵们要忙着整理自己的衣物及行李，办理各种退伍前相关手续。新兵不用在训练场上重复操作，帮着整理老兵的包裹，似乎天天都是星期天。

走在营区的老兵，脚步似乎不像往日那样矫健，随着离开的日子一天一天临近，看着他们曾经带过的班、排，还有新兵，想着每日在一起的欢声笑语，一起奔向训练场，一起唱歌、学习、休息，老兵的思绪无疑会陷入一片难舍的混乱。

老兵临走前的最后一夜，有点生离死别的感觉，返乡的时间进入倒计时。晚上各连队会召开茶话会，老兵含着泪，新兵哭得很悲伤……前夜，老兵会为连队站最后一班岗，这是名副其实的最后一班岗，本连干部和上级首长也会来到哨位陪着度过最后一刻。大门口的路灯和平日一样把所有的亮光照在哨位上的老兵身上，表情严肃，身姿端正。这一刻，他们要站出一生的光彩，一生的留恋，一生的回忆。大门两侧的对联和老兵的飒爽英姿互相映衬"在岗一分钟，干好60秒"。这就是老兵，数年如一日培养的情操在离别的瞬间悉数体现。

清晨，向军旗告别仪式在操场上庄严进行，即将离别的老兵像入伍时一样举着右拳："永葆军人本色，当祖国需要我的时候，我会义无反顾，随时准备牺牲一切！"这是他们最后的誓言！

离别的时候总会来临，连队已为老兵准备好了饺子，老兵戏称"滚蛋饺子""散伙饺子，长久面"。吃完这最后的一次早餐，将永远离开部队。饭桌前，新兵不停地给老兵夹着饺子，饭后，新兵拉着老兵不放手，围坐在营区中央的大草坪上，唱着以前那熟悉的军歌，诉说衷肠，怀念着经历的那些岁月。

第一拨老兵要走了，连队门口、营区大门都会分几次鸣放鞭炮，锣鼓声震耳欲聋。一个个拥抱，一次次握手，一声声道别，老兵胸前佩戴上大红花，登上返乡的车厢，泪奔而去。车窗外，能看见的只有挥舞着的双手，哭喊声和一张张流满泪水的脸，这种难以自抑的情绪永久地储存在记忆里。

思念与泪水代表的是过去，融入另外的境界才是最好的人生。疾速奔驰的火车没有一丝的停留，窗外的景物随着火车的行进慢慢向后移动，一去不复返的情景，令人留恋。老兵终于远去了，祝福他们都会有新的选择，新的道路，新的开始。

梦想平遥

新兵训练时，海涛副班长带过我一个月，后来整编他去了三连。短短的一月之中，他不止一次地给我讲他的老家——平遥，讲平遥的老房子、窄巷子、票号子，还有老城门楼子……

记忆里的平遥真就这么让我背负了多年，我一直被引着，沉埋在副班长30年前给我许下的约定，等我兑现，等我进局，拿走那枚久远的棋子，以了却一份积淀很久的心愿。

其实每年我的生日都会在笔记里记上，那是自己长大的记号，以后还会成为渐渐变老的回忆。

夏末的一天，恰逢是我的生日，却意外地走在了平遥古城的街头，生日的喜悦竟会走进老班长的心愿里。

虽然刚到上午10点，平遥古城已经开始了接纳游人的一天。街道上的人多了起来，店铺全部敞开了门，一些古玩和特色手工艺品，一条一巷的古建筑，配以各色各形的古饰、古规。

一座古城，其实就是一本古书，把曾经的风雨烟云不动声色地嵌入字里行间，在临风开卷的时候，让身处其间的人们浑然置身在历史的瞬间，从时间的褶皱里品读沧桑和必然。平遥古城有着凝重的封面，尽管在谋面之前，我就耳闻了这座古城的许多章节，走进平遥也想跨进遥远的历史，更想读懂现实中的平遥。

传说中的"乌龟八卦城"确实有着龟的形状，有"山水朝阳，龟前戏水，城之攸建，依此为胜"之说。岁月荏苒，它斑驳了青砖砌裹的城墙，剥蚀了朱红雕琢的城门，干枯了南门外的水井，佝偻了北面弯曲的"龟尾"，似乎一直在等待着我这样一个来自关中古城的游者。

　　远远就看到古老的城墙，风雨不动安如山：宁静、平和、沉穆、浑朴，气度俨然古之君子。轻轻抚摸平遥几千年文化修炼而成的肌肤，我仿佛摸到了明时的风痕，清时的雨渍。敲一敲那城墙，听一听那回音，我感悟到了晋商强劲的脉搏，远方似乎传来了大漠孤烟里的驼铃声声……

　　走上城墙，我感觉脚下的青砖承载了太多太多，防御敌人的垛口前的红衣大炮，围着一拨一拨穿红着绿的男女老少。脚下，这高耸、伟岸、墩厚、坚实、黑褐色中带着沧桑的城墙已经2700多年了，依然挺立，没有倒下，没有坍塌，没有撕裂。 走进平遥街区，有了一种与古人执手相牵的感觉。满目青砖灰瓦，精巧的飞檐雕壁，高耸的城墙市楼，鲜亮的灯笼金匾，那些古城中的居民，既有"采菊东篱下，悠然见南山"的超脱，也不乏"天下熙熙，皆为利来"的精明，平静地过着淡然的日子，热情地做着小本生意，偶尔也有悠闲地踱着方步走在狗后边的……抬头看天，是与青砖灰瓦相辉映的碧蓝色的天空，纯净如孩子的眼睛，间或几丝浮云游过，带走了所有的烦恼和浮躁……这一切宛若徐徐展开的清明上河图，原生态的风土人情尽收眼底。它的气质从每一座瓮城溢出，从每一条街道流出，从每一扇旧窗淌出，从每一道雕纹渗出，从每一位平遥贤士的才情里吟出……平遥的每一条蜿蜒的街道，都渗透着沉稳；每一块斑驳的青砖，都浸渗着古朴，让置身其中的生灵隔着平遥与历史相望。

　　街市门口有许多的楹联，一字一句，文工音圆；一言一语，词贴意深。各种对联文字遍布古城每个角落，虔诚地站立在大门的两侧，娓娓地述说着古城故事，款款迎接着南来北往的过客游人。

导游小张讲解的时候这样告诉我："进了平遥城，银子元宝绊倒人。"平遥的气魄缘于晋商，富可敌国的故事里流淌着现代金融的种子。当所有人走进日升昌——中国第一票号，可能都会有这样的感觉。虽然日升昌门脸不大，黑色的院门肃穆而朴实，近看却已经斑斑驳驳，牌匾上的字已略显黯淡，但其闻名内外的金招牌却没有因为时间的流逝而蒙尘。深深的庭院后面，正房厅柱悬一副木质长联：日丽中天万宝精华同耀彩，升临福地八方辐辏独居奇。另外悬挂的便是那块闻名商界的牌匾——汇通天下。

街市纵横，票号林立，商贾云集。日升昌的大门，开启又关上，关上又开启，迎送了多少个日升日落，目送了多少人来人往。那个车水马龙的平遥城，车马声，叫卖声，掌柜及学徒拨动的算盘声，交织在一起。"票号一小步，经济一大步"，汇通天下的梦想在此酝酿，气贯长虹。在不大的院子里慢慢行走，眼睛在当年的票据、账房上游移，耳朵聆听着票号的兴衰荣辱。一位店员穿着当年账房老先生的装束，提笔给你写下几张商号的银票，一时间你也会成为有钱人……想当年雷履泰这位气魄十足的商界巨贾、日升昌的创始人，该是怎样地意气风发，置身此间，一块砖，一片瓦，一扇门，一堵墙，都会牵动着过往游人的思绪，目睹当年那位票号鼻祖谈笑风生、运筹帷幄、进出忙碌的身形……

"百载烟云归咫尺，一署风雨话沧桑。"审视平遥县衙，厚重朱漆的大门，高逾一尺的门槛，龇牙咧嘴的石狮，青白方正的照壁，森严威武，让人不寒而栗。跨过高高的门槛，出示门票便可以随便进出那扇大门，想想古时的百姓不会如此便利吧！高堂的威严，刑具的恐怖，牢狱的黑暗，看这坐北朝南的高堂，用那句老话来叙说再合适不过了："自古衙门朝南开，有理没钱莫进来。"看了平遥的衙门，印象似乎比古戏里的模糊形象更加深刻，更加明朗。宦海沉浮、民生心愿、世道风雨都浓缩在这小小县衙之内。

仰头张望，檐头盛开的华丽砖雕，清冷地伏在那里上百年。明时风清时雨、民国的嬗变烟云，细密地刻上精致纹样。纵横交错的沟壑中，缓缓流过前朝旧事。

徜徉在端正威严的平遥古县衙，环顾这长长短短的楹联，突然发现吏治文化是活的，是有灵魂的。这个灵魂就是被皇权披在专制身上的儒家精神，它在诉说理想、作为，充满善意，语重心长，如此地直白，道理又讲得透彻，居然和其血腥狰狞的专制统治联系得那么紧密那么熨帖。不知道平遥历任县太爷生活履职在这篓联遍布、警钟长鸣的衙门，能否践行"当官不为民做主，不如回家卖红薯"的为官原则，只怕这些楹联都是县太爷为标榜自己的堂皇之词吧。平遥古城的"摩天大楼"，有记载说："金井市楼"是平遥"仰观烟云之变幻，俯临城市之繁华，悟天道之盈虚，察人事之推谢"的建筑智慧的创造、商业文化的体现，是汉民族生活历史的见证。当年，客来商往，车水马龙，人们便在这里交换日用物品，互通有无。"日中为市，致天下之民，聚天下之货，交易而退，各得其所"，"囤集交易之物，待市而出之"。遗憾的是那天没有看到那口古井，所以无法体味当年买卖人喝水的乐趣。不过不难想象，或许当阳光照射到井里，那水可能会泛出如金的色彩，是金子，还是商业色彩？但当时我什么也没看到，在眼前纷闪而过的只有一座静观古今的风雨古楼以及车水马龙的闹市。

平遥的客栈，古色古香之气更加浓厚，也有陕西一带的炕铺，还有十二生肖的手剪窗花，串串灯笼高高挑起，和鼓楼后的坊上老街，和陕西户县、长安的农家风情倒很对味，但那种感觉，却更让人自由自在地放松。

　　平遥古城的城楼，老街和历史内涵，也许我还没有领悟参透。也许平遥本不平常，离我也并不遥远。也许它正是我的缘，我的梦，我的歌，应该将它长久地印在心中！

最后一次选择

向后转，向前走，这是我们离开部队时的唯一选择。

向后转，挥泪告别于如歌的岁月，在三点一线的方块里，火热的青春留下脚印一串；向前走，脱下军装继续闯，或许是死胡同，头破血流也要走。

这也许是我们的最后一个动作，也是一个新的开始，所以，后来我们就习惯了被叫着老转。向后转，这是军人的一个队列动作。

有人说："当兵后悔三年，不当兵后悔一辈子！"这也许是对的吧，但对我个人而言我从来就没有后悔过，因为路是自己选择的！既然来了，后悔又有何用？

二十年，未成年时走进去，带着老婆孩子回来，在这较为漫长的时间里，没有体会多少老婆孩子热炕头的滋味，理解最多的是牛郎织女，没有了鹊桥，不能相守。天天如此，一切照旧，按部就班成就了责任和使命，或许是想活得坚强勇敢。

离开部队前的最后一堂课，是老侯为我们讲述老兵的故事。他们也多是老转，共同深刻体会是最大的敌人莫过于自己，成就转业之路，和战场上攻略恰是相反，只有打倒自己。

记得在新兵时如何完成人生第一次大的转变，指导员讲的这第一堂课，说的是老鹰的故事。每一次要换嘴角的时候那要承受多大的痛苦，它从高空垂直向地面飞去的那一刻，那勇气、那信心、那力量、可能只有它心里才知道，但它的信念告诉自己必须要改变，也必须要这样做。从那时起，我一直努力，用勇气去面对，哪怕失败。后来的岁月是每一个人都不会忘记的，苦乐相融，风雨兼程，暑去冬来走了二十年。1992年曾经经历过一次裁军，2005年的那天，再次面临着裁军，我选择了转业。参加市上双选会时，我的档案才从省口转到市上。选择是盲目的，两眼一抹黑。后经安置办推荐到了交通局。10月10日，来到了公路局的楼下，最好的承诺是我不再会被第三次分配，留在了机关。

这一个过程，注定了我的后半生，就这样留在了公路上。后来多数兄弟们知道了都曾经说过我不应该这样选择，关键环节是我放弃了重新选择的机会，别人的过错是我制造的机会，我不应放弃。既来之，必安之，随遇而安吧。

生命如火，岁月如歌，在不知不觉中，告别军旅十年。回眸往事，思绪万千，心如湖水，荡起涟漪，诸多记忆，似乎都已融入生命，回味悠长，芬芳四溢……

2010年春节的一次理发，写了几句QQ空间日记，无意发给《陕西交通报》，和陕交报结缘，之后偶尔写点随笔散文。陕交报的向晖、少言几位编辑时常鼓励我多写点文字。2013年下半年，从市二网工程项目回机关上班，工余时间便强迫自己静下心思，把部分文稿整理一二，集于小册，权作生活的积累吧！

子月　于2014年10月